Das Bedürfnis der Drachenfrau

Die Gefährten der Tahoe-Drachen
Buch 2

Jessie Donovan

Mythical Lake Press, LLC

Dieses Buch ist eine erfundene Geschichte. Namen, Figuren, Orte und Ereignisse sind entweder der Fantasie der Autorin entsprungen oder werden fiktiv verwendet. Ähnlichkeiten mit lebenden oder verstorbenen Personen, tatsächlichen Ereignissen, Schauplätzen oder Unternehmen sind rein zufällig.

Das Bedürfnis der Drachenfrau

Englisches Copyright © 2020 Laura Hoak-Kagey
Deutsches Copyright © 2025 Laura Hoak-Kagey
Übersetzung von Anna Drago und Katrin Dolle
Mythical Lake Press, LLC
www.JessieDonovan.com

Coverkunst von Laura Hoak-Kagey von Mythical Lake Design

ISBN: 979-8891560796

Bücher von Jessie Donovan

<u>Die Stonefire-Drachen</u>

Dem Drachen geopfert

Den Drachen verführen

Die Drachen offenbaren

Den Drachen heilen

Den Drachen wiedererwecken

Vom Drachen geliebt

Dem Drachen ergeben

Vom Drachen geheilt

Dem Drachen helfen

Den Drachen finden

Vom Drachen ersehnt

Den Drachen überzeugen - erscheint demnächst

<u>Lochguard Highland Drachen</u>

Das Dilemma des Drachen

Der Drachenwächter

Das Drachenherz

Der Drachenkrieger

Die Drachenfamilie

Die Entdeckung des Drachen

Das Streben des Drachen - erscheint demnächst

Stonefire Drachen Universum

Skyhunter gewinnen

Snowridge Verwandeln

Die Gefährten der Tahoe-Drachen

Die Wahl des Drachen

Das Bedürfnis der Drachenfrau

Ein Drache zum ersten, zum zweiten... - erscheint demnächst

Die Stonefire Drachen und Lochguard Highland Drachen Serien sind miteinander verflochten. Da so viele Leser nach der Lesereihenfolge fragen, habe ich sie in dieses Buch aufgenommen. (Diese Liste gilt ab September 2025.)

Dem Drachen geopfert (Stonefire Drachen #1)

Den Drachen verführen (Stonefire Drachen #2)

Die Drachen offenbaren (Stonefire Drachen #3)

Den Drachen heilen (Stonefire Drachen #4)

Den Drachen wiedererwecken (Stonefire Drachen #5)

Das Dilemma des Drachen (Lochguard Highland Drachen #1)

Vom Drachen geliebt (Stonefire Drachen #6)

Der Drachenwächter (Lochguard Highland Drachen #2)

Dem Drachen ergeben (Stonefire Drachen #7)

Das Drachenherz (Lochguard Highland Drachen #3)

Vom Drachen geheilt (Stonefire Drachen #8)

Der Drachenkrieger (Lochguard Highland Drachen #4)

Dem Drachen helfen (Stonefire Drachen #9)

Den Drachen finden (Stonefire Drachen #10)

Vom Drachen ersehnt (Stonefire Drachen #11)

Die Drachenfamilie (Lochguard Highland Drachen #5)

Kapitel Eins

Gabriela Santos betrat den Ballsaal eines Hotels in South Lake Tahoe und versuchte, ruhig zu bleiben.

Sie hatte jahrelang heimlich an der Drachenlotterie teilgenommen, auch wenn ihr Bruder glaubte, sie hätte es nur ein einziges Mal versucht. Doch nun schwankte sie zwischen dem Impuls, davonzulaufen, und dem Drang, sich kopfüber in ihre Zukunft zu stürzen.

Als sie die etwa zweihundert Männer – alles Menschen – in Reihen sitzen und sie teils neugierig, teils lüstern mustern sah, konnte sie ein Schnauben kaum unterdrücken.

Nach all den Jahren, in denen Drachenmänner sie als zu eigensinnig, zu idealistisch oder sogar zu menschlich bezeichnet hatten, war es seltsam, dass so viele Menschen gekommen waren, um die Chance zu bekommen, mit ihr zu schlafen.

Ihr innerer Drache, die zweite Persönlichkeit in ihrem Kopf, meldete sich zu Wort und schnaubte. *Natürlich sind sie gekommen. Es ist nicht unsere Schuld, dass die Drachenmänner zu beschützend oder zu dominant waren, um uns zu bemerken oder zu wollen. Diese Menschen tun es.*

Was Gaby natürlich wusste. Und dennoch ... *Sie mögen freiwillig hier sein, aber einer von ihnen wird mehr bekommen, als er erwartet hat.*

Gaby war vermutlich die einzige vierundzwanzigjährige Drachenwandler-Jungfrau unter den vier Drachenclans in der Nähe von Lake Tahoe.

Ihr Tier grunzte. *Das ist ganz allein deine Schuld, nicht meine. Wie ich so lange bei Verstand geblieben bin, obwohl du uns verwehrst, was wir brauchen, werde ich nie verstehen.*

Schuld nagte an ihrem Herzen. Innere Drachen brauchten regelmäßig Sex. Für sie war es so notwendig wie Essen und Atmen.

Dennoch holte sie tief Luft und antwortete: *Ich konnte es einfach nicht mit jemandem tun, der in erster Linie seine Jungfräulichkeit verlieren wollte. Und als wir älter wurden, waren wir nur noch eine Eroberung oder eine Herausforderung. Bei diesen Optionen: Danke, aber nein, danke.*

Und wie unterscheidet sich das von diesen Männern?

Wenigstens erwarten diese Männer im Gegensatz zu Drachenmännern danach nichts. Sie werden nicht knurren oder anderen vorschreiben, wie sie mich behandeln sollen.

Nicht alle Drachenwandler-Männer waren unerträglich. Aber die Anständigen, die eine Paarung als Partnerschaft betrachteten – anstatt zu glauben, sie hätten jedes Recht, sie ohne ihre Zustimmung zu beschützen –, waren selten.

Wirklich selten, zumindest ihren Erfahrungen nach. Vielleicht hätte sie jemanden gefunden, wenn ihr Clan häufiger mit den anderen drei Drachenclans rund um Lake Tahoe interagieren würde.

Aber die Clans blieben meist für sich, und so waren die menschlichen Männer im Saal ihre beste Chance, ihre Jungfräulichkeit zu verlieren, ein Kind zu bekommen und die Zukunft zu schaffen, die sie zu ihren eigenen Bedingungen wollte.

Ihr Drache antwortete: *Das kannst du nicht wissen. Du könntest ausgerechnet einen auswählen, der sich genauso verhält.*

Aber es geht nur um Sex, und dann ist es vorbei. Das ist eine Situation, die ich kontrollieren kann. Es ist nicht für immer.

Es sei denn, du findest deinen wahren Gefährten.

Gaby schnaubte. *Klar, weil das ja auch so oft bei diesen Veranstaltungen passiert. Nachdem José vor einem Monat seine wahre Gefährtin gefunden hat, ist es wahrscheinlicher, dass ich in Reno den Jackpot gewinne, als hier meinen Schicksalsgefährten zu finden.*

Zwar freute sie sich für ihren älteren Bruder, aber sie war auch ein bisschen neidisch. Ein wahrer Gefährte war die beste Chance eines Drachenwandlers auf Glück. Keine Garantie, aber deutlich besser als mit einem zufälligen Fremden.

Ihr Drache erwiderte: *Er könnte hier sein. Und bevor du Ausreden über menschliche Männer erfindest, denk daran, dass die stärksten schon früher Drachenfrauen als Gefährtinnen hatten. Es ist nicht unmöglich.*

Diese Männer waren nicht nur körperlich, sondern auch geistig stark. *Nun, es gibt keine menschlichen männlichen Gefährten in den vier Tahoe-Clans, also lass uns das einfach als das nehmen, was es ist, okay? Wir werden ein Kind haben und unser Leben führen können, ohne dass ein Mann uns jede wache Sekunde behütet.*

Vielleicht. Aber was passiert, wenn wir bei einem Feuerwehreinsatz sterben?

Gaby hatte jahrelang hart gearbeitet, um Feuerwehrfrau zu werden, in der einzigen Einheit, die sowohl Menschen als auch Drachenwandler einstellte. Sie antwortete: *Ein Kind wird uns noch mehr Grund geben, am Leben zu bleiben, oder nicht? Außerdem wird unsere Familie helfen. Du weißt, dass sie das tun würden."*

Ihr innerer Drache seufzte. *Natürlich.*

Immer, wenn ihr Drache nachgab, wusste Gaby, dass er nicht wirklich zustimmte und mehr sagen wollte.

Bevor sie jedoch nachhaken konnte, erreichte Ashley Swift, die Vertreterin des American Department of Dragon Affairs – kurz ADDA – das Podium und wartete, bis alle schwiegen.

Das war der Moment. Während ihr Herz pochte, konzentrierte Gaby sich auf Ashley anstatt auf die Männer im Raum. Sie musste sich zusammenreißen, um wie üblich zu wirken – eine selbstbewusste junge Drachenfrau, die sich von niemandem etwas gefallen ließ.

Ashley sprach schließlich ins Mikrofon: „Willkommen zur *Lake Tahoe Drachenlotterie*! Sie alle haben sich beworben und den Auswahlprozess bestanden, also herzlichen Glückwunsch! Sie haben es bis hierhergeschafft, was ein gutes Zeichen ist. Trotzdem ändern manche Leute ihre Meinung. Wenn Sie also überlegen, zu gehen und auszusteigen, gebe ich Ihnen allen eine Minute Zeit, das zu tun. Aber denken Sie gut darüber nach, denn sobald diese Minute vorbei ist, sind Sie an die Verträge gebunden, die Sie unterschrieben haben. Und die Minute, um zur Tür zu sprinten, beginnt ... jetzt."

Gaby zwang sich, die Männer zu beobachten. Ein paar standen auf und gingen schweigend hinaus.

Einen Moment lang fragte sie sich, ob es daran lag, dass sie sie gesehen und gedacht hatten „Oh nein, auf keinen Fall."

Doch dann schob sie den Gedanken beiseite. Wenn sie so oberflächlich waren, war das deren Problem, nicht ihres.

Als die Minute endete, fuhr Ashley fort. „Okay, diese Typen gehören offensichtlich nicht hierher, und das ADDA wird den Auswahlprozess in Zukunft verbessern müssen." Die Menschenfrau ließ ihren Blick durch den Raum schweifen. „Lassen Sie uns weitermachen. Ich muss Sie alle bitte, sitzenzubleiben, während Gabriela durch die Reihen geht und Fragen stellt, um ihre Wahl zu treffen. Sie dürfen nicht sprechen, es sei denn, sie spricht Sie an. Wenn Sie eine der Regeln brechen, werden Sie hinausbegleitet und müssen die im Vertrag festgelegten Konsequenzen tragen." Ashley kniff die Augen zusammen, beugte sich vor und sah sich im Raum um. „Das ist nicht mein erstes Rodeo, Gentlemen. Und wenn Sie glauben, Sie stehen über den Regeln, und sich einbilden, Gaby zuzurufen könnte Ihnen helfen, dann sind Sie schneller draußen, als Sie mit den Fingern schnippen können." Ashley richtete sich wieder auf und sah Gaby an. „Der Saal gehört Ihnen."

Gaby hatte bis vor Kurzem nicht viel Zeit mit Ashley Swift verbracht, aber je mehr sie über die Menschenfrau erfuhr, desto mehr mochte sie sie.

Mit einem Nicken drehte sich Gaby zum Raum und brachte irgendwie ihre Füße dazu, sich in Richtung der ersten Reihe zu bewegen.

Es gab so viele Männer – alle unterschiedlicher Herkunft, Altersgruppen und Selbstbewusstseinsgrade. Manche starrten zu Boden, andere sahen sie direkt an, und wieder andere fanden ihre eigene Uhr interessanter.

Okay, die, die auf die Uhr schauten, rutschten automatisch ans Ende ihrer Kandidatenliste.

Ihr Drache lachte. *Hey, sei nachsichtig. Wenn du darauf warten würdest, ob sich deine Zukunft für immer verändert, würdest du vielleicht auch auf die Uhr schauen, um den Moment festzuhalten.*

Klar, bestimmt deshalb.

Man weiß nie. Schließlich sind sie Menschen. Ihr Verhalten ergibt für mich oft keinen Sinn.

Gaby biss sich auf die Lippe, um nicht über den mitleidigen Ton ihres Drachen zu lächeln. *Pst, oder ich schaffe das nie!*

Ich bin hier, wenn du mich brauchst.

Als ihr Drache sich zusammenrollte und den Kopf auf die Vorderbeine legte, ganz hinten in ihrem Geist, fand Gaby Trost in dem alltäglichen Verhalten. Sie liebte ihren inneren Drachen, aber es gab etwas, das sie im Gegensatz zu einem männlichen Drachenwandler nicht konnte: ihren wahren Gefährten auf Anhieb erkennen.

Nur ein weiterer Nachteil für weibliche Drachenwandler, zusätzlich dazu, dass sie in ihrer Drachenform kleiner und nicht so stark waren wie männliche.

Konzentrier dich, Gaby. Richtig, sie konnte das. Und so richtete sie ihre Aufmerksamkeit auf die Männer.

Anstatt ständig anzuhalten und Fragen zu stellen, ging Gaby durch die Reihen, in der Hoffnung, dass es vielleicht helfen würde, ihre Auswahl einzugrenzen.

Einige Gesichter kamen ihr vage bekannt vor. Wahrscheinlich hatte sie sie irgendwann in South Lake Tahoe gesehen, da dort das Hauptquartier der Menschen/Drachen-Feuerwehr war. Ja, sie arbeitete hauptsächlich in den umliegenden Wäldern, aber sie musste gelegentlich in die Stadt kommen.

Und doch, als ein bärtiges Gesicht, ein anderes mit Stoppeln, ein glatt rasiertes und so weiter vorbeizogen, hatte sie keine Ahnung, wie sie ihre Wahl treffen sollte. Ein gutaussehender Typ konnte sich als Idiot entpuppen, sobald er den Mund aufmachte. Und einer der Stillen, Unauffälligen konnte sich als der Mann erweisen, von dem sie immer geträumt hatte.

Vielleicht sollte sie der ADDA-Vertreterin vorschlagen, den Drachenwandler-Kandidaten vorher Portfolios aller Männer zur Verfügung zu stellen, um den Prozess zu beschleunigen.

Als Gaby den hinteren Teil des großen Raums erreichte, fiel ihr ein dunkelhaariger Mann auf. Er hatte die Hände hinter dem Kopf verschränkt, um ihn zu stützen, während er an die Decke starrte.

Sie konnte nicht entscheiden, ob das schlimmer war, als wenn er auf die Uhr geschaut hätte.

Aber sie hätte schwören können, dass sie ihn seufzen hörte, und das weckte ihre Neugier. Also ging Gaby näher heran und fragte: „Langeweile?"

Er zuckte zusammen und begegnete ihrem Blick, seine haselnussbraunen Augen eine interessante Mischung aus Braun und Grün.

Man musste ihm zugutehalten, dass der Mensch lediglich mit den Schultern zuckte. „Es passiert nicht jeden Tag, dass man wie ein Stück Fleisch behandelt wird, das versucht, das beste Stück in der Auslage zu sein."

Sein Akzent hatte einen Hauch der gedehnten Südstaatenmelodie – fast so, als wäre er in Texas aufgewachsen, aber schon vor langer Zeit weggezogen.

Gaby bemerkte in diesem Moment, dass sie eine Schwäche für diesen Singsang hatte, und wollte mehr hören. „Willkommen im Alltag einer Frau!"

Er neigte den Kopf. „Jeder, der Sie so behandelt, hat Sie nicht verdient. So einfach ist das."

Gaby blinzelte. Keine Ausreden, keine Entschuldigungen. Nein, dieser Mensch sagte einfach, dass sie mehr wert war.

Sowohl Mensch als auch Drache waren interessiert.

Nicht, dass sie schon bereit war, eine Entscheidung zu treffen. Sie brauchte zuerst noch ein bisschen mehr von ihm. Sie warf einen Blick auf sein Namensschild und las „Ryan Ford". Sie begegnete seinem Blick. „Nun, Ryan, warum sind Sie dann hier?"

Falls ihn ihre Frage überraschte, zeigte der Mensch es nicht. Und Gaby bemerkte kaum, dass sie den Atem anhielt, während sie auf seine Antwort wartete.

Ryan Ford konnte immer noch nicht glauben, dass er das durchgezogen hatte.

Seine jüngere Schwester hatte ihn so lange genervt, bis er zugestimmt und versprochen hatte, es zu tun. Tiffany war überzeugt, dass allein seine Teilnahme an der Lotterie ihn dazu bringen würde, darüber hinwegzukommen und sein Leben weiterzuleben.

Als ob es so einfach wäre, zu vergessen, dass sein Zwillingsbruder ihm seine Frau gestohlen und sie vor etwas über einem Jahr geheiratet hatte.

Denk nicht an sie. Er seufzte. Seine Ex-Frau hatte ihm so viele Jahre, sein Herz, seine Energie und so viel mehr gestohlen. Davon abgesehen brach er mit diesem Suhlen in Selbstmitleid das Versprechen, das er Tiffany gegeben hatte, und er liebte seine Schwester zu sehr, um das zu tun.

Ryan hatte sich gerade wieder auf das Geschehen im Raum konzentrieren wollen, als die sexy Drachenfrau ihn ansprach.

Vielleicht hätte er charmant sein und ihr irgendeine erfundene Geschichte erzählen sollen. Aber aus irgendeinem Grund war er ehrlich gewesen. Es war lange her, dass er sich mit jemandem so schnell wohlgefühlt hatte.

Doch dann hatte sie ihre Frage gestellt, warum er hier war, und das war schwierig zu beantworten.

Wieder hätte er lächeln und sagen sollen, er sei hier, um jemanden so Liebliches wie sie kennenzulernen. Aber sein Verstand und seine Zunge verrieten ihn, als er antwortete: „Weil meine kleine Schwester dachte, das wäre der beste Weg, um über die Frau hinwegzukommen, die mein Herz mit Füßen getreten und in Stücke gerissen hat."

Das sollte sie doch dazu bringen, zum nächsten Kandidaten weiterzugehen, oder? Dann konnte er nach Phoenix zurückkehren und einen anderen Weg suchen, sein Leben weiterzuführen.

Doch die Drachenfrau namens Gabriela starrte ihn nur mit ihren hübschen braunen Augen an und forschte in seinem Blick, als wollte sie herausfinden, ob er die Wahrheit sagte oder nicht.

Angesichts dessen, was er über Drachenwandler gehört hatte – dass sie aufbrausend und oft mehr Tier als Mensch seien –, war er überrascht..

Vielleicht waren Drachen und Menschen sich ähnlicher, als er gedacht hatte.

Dann blitzten ihre Pupillen zu Schlitzen und zurück, und er richtete sich auf. Er hatte gehört, dass sich die Pupillen der Drachenwandler zu Schlitzen verengten, wenn sie mit ihrem inneren Drachen kommunizierten, aber er hatte es noch nie gesehen.

Vielleicht würden manche es seltsam oder befremdlich finden. Aber es faszinierte ihn und erinnerte ihn daran, dass Menschen und Drachen in

mindestens einem Bereich unterschiedlich waren –
die Frau vor ihm konnte sich in ein riesiges fliegendes
Tier verwandeln.

Gabriela fragte: „Wie lange ist es her, dass diese
Frau Ihr Herz gebrochen hat?"

Er war sich der Männer bewusst, die in seiner
Nähe saßen und zweifellos amüsiert seinen Geheim-
nissen lauschten oder ihn bemitleideten, da die
meisten Kerle sich lieber einen Arm abhacken
würden, als über etwas so Persönliches zu reden.
Aber ehrlich gesagt war es Ryan scheißegal. Er hatte
nie verstanden, wozu diese Geheimnistuerei und
Verschlossenheit gut sein sollte. Das Leben war zu
kurz, um die meiste Zeit ein Arschloch zu sein.
Diesen Titel überließ er seinem Bruder. „Fast zwei
Jahre."

„Und wie alt sind Sie?"

Ein Mundwinkel zuckte nach oben. „Erst, wenn
Sie mir Ihr Alter verraten."

„Vierundzwanzig."

Kein Zögern, kein Tadel, weil er eine Frau nach
ihrem Alter gefragt hatte, nur die Wahrheit.

Ryan beugte sich ein wenig vor. Ja, er wollte
mehr mit ihr reden. „Ich bin sechsunddreißig."

Sie könnte ihn für uralt halten. Doch als er ihre
Augen studierte, die jedes kleine Detail an ihm zu
bemerken schienen, wirkte sie älter als vierundzwanzig.

Da fiel ihm mehr auf als nur ihre Augen. Sie

hatte dunkles Haar mit blonden Strähnen und hellbraune Haut, Haut, die er plötzlich kosten wollte.

Was? Nein, hör auf, Ford. Aber er konnte nicht aufhören, auf ihren Mund zu starren, die Quelle so vieler faszinierender Fragen und Antworten. Ihre Unterlippe war voller als ihre Oberlippe, und er wollte aufstehen, sie an sich ziehen und sie zwischen seine Zähne saugen.

Whoa, immer langsam Cowboy. Nicht nur hatte er sie gerade erst kennengelernt, sie hatte die freie Wahl unter allen Männern im Raum. Und ein leicht verbitterter Geschiedener mit Vertrauensproblemen musste bei der Auswahl ganz unten auf dieser Liste landen.

Gaby nickte schließlich, als hätte sie eine Entscheidung getroffen. Seine Brauen zogen sich zusammen, als er ihren Blick wieder traf. Sagte sie etwa Ja zu ihm?

Doch bevor er ein Wort sagen konnte, erklärte sie: „Ich will ihn, Ashley. Ich will Ryan Ford."

Ihm stockte der Atem. Das alles sollte nur eines bezwecken, seine Schwester zu beruhigen, damit sie ihm nicht mehr dauernd im Nacken saß, und doch hatte die Drachenfrau ihn ausgewählt?

Nicht nur das, das Endergebnis dieser ganzen Sache würde ihn wahrscheinlich auch noch zum Vater machen.

Vielleicht hätte dieser letzte Teil die anderen in die Flucht geschlagen, aber Ryan wollte schon lange, lange Vater werden. Er hatte wegen seiner Ex gezögert, was sich als glückliche Fügung herausgestellt hatte.

Aber ein Kind von dieser sexy, klugen, mutigen Frau zu haben?

Die Vorstellung von ihr, rund mit seinem Kind, weckte etwas in ihm, ein Bedürfnis, das er noch nie gespürt hatte, nicht einmal bei seiner Ex.

Ein Gefühl durchströmte ihn, und sein Bauch sagte ihm, dass er es für den Rest seines Lebens bereuen würde, wenn er sie ablehnte.

Er hatte nicht geplant, mit einer Drachenfrau hier rauszugehen, aber jetzt konnte er sich nicht vorstellen, es ohne sie zu tun.

Also stand Ryan auf und bot ihr seinen Arm, wie in alten Zeiten. Belustigung tanzte in Gabrielas Augen, aber sie hakte sich bei ihm ein, sodass ihr Unterarm seinen streifte.

Angesichts der beiläufigen Berührung schoss Hitze seinen Arm hinauf und durch seinen Körper, direkt zu seinem Schwanz.

Er sah auf sie hinab, ihre Pupillen blitzten schnell, und er fragte sich, ob sie es auch gespürt hatte.

Die ADDA-Vertreterin räusperte sich und sagte schmunzelnd: „Kommt mit, ihr zwei. Ihr könnt euch später tief in die Augen sehen."

Ihre Worte rissen ihn aus dem Bann, und Ryan zwang sich, nach vorn zu blicken und der ADDA-Mitarbeiterin aus dem Saal zu folgen.

Jetzt musste er nur noch vermeiden, irgendwas

zu vermasseln, sobald er mit der Drachenfrau allein war. Denn mit jedem Schritt sehnte er sich danach, mehr über sie und sogar über ihre Drachenhälfte zu erfahren.

Vielleicht war dies die Veränderung, die sein Leben gebraucht hatte – eine, mit der er nie gerechnet hatte, auf die er sich jetzt aber freute.

Kapitel Zwei

Gabys Herz pochte, als sie den Flur entlangging, ihren Arm um Ryans geschlungen.

Ihre Haut hatte sich kaum berührt, doch ihr ganzer Körper stand in Flammen, ihre Kleidung fühlte sich plötzlich eine Nummer zu klein an. Der Drang, ihn auszuziehen und ihm ihre Jungfräulichkeit, ohne nachzudenken, hinzugeben, durchströmte ihren Körper.

Konnte er ihr wahrer Gefährte sein? Gaby hatte noch nie in ihrem ganzen Leben so stark auf einen Mann reagiert. Sie mochte eine Jungfrau sein, aber sie hatte geküsst und herumgemacht.

Keiner dieser Momente kam auch nur annähernd an das Gefühl heran, neben Ryan zu sein, seinen erdigen Duft nach Wald und Mann einzuatmen, seine Wärme, die durch ihre Kleidung sickerte.

Ihr Drache meldete sich zu Wort. *Sich was zu wünschen, macht es nicht wahr.*

Willst du ihn etwa nicht?

Oh, ich will ihn. Ich würde mittlerweile fast jeden Mann mit einem funktionierenden Schwanz nehmen.

Sie knurrte ihren inneren Drachen an. *Du bist gerade keine große Hilfe.*

Ihr Drache zuckte mit den Flügeln, was einem Schulterzucken entsprach. *Du wirst es herausfinden, wenn er dich küsst.*

Für den unwahrscheinlichen Fall, dass er ihr wahrer Gefährte war, musste sie das Küssen des Menschen aufschieben, bis sie in dem vom ADDA bereitgestellten Haus ankamen, um ... ähem ... zur Sache zu kommen. Denn wenn sie wahre Gefährten waren, würde ein Kuss auf den Mund einen Paarungsrausch auslösen, und ihr Drache würde nicht aufhören, Sex zu fordern, bis sie schwanger war.

Was einen Menschen allzu leicht verschrecken konnte, besonders einen, der keine Ahnung hatte, worauf er sich einließ.

Und doch, als sie aus dem Augenwinkel zu ihm hinüberschielte und seinen dunklen Bartschatten, den markanten Kiefer und die Lippen betrachtete, wollte sie, dass er jeden Zentimeter ihres Körpers küsste.

Sie wollte nicht einmal blinzeln. Bei diesem Tempo fragte Gaby sich, ob sie ihre Lippen überhaupt von seinen fernhalten konnte, bis sie im

ADDA-Haus ankamen. Denn sie war sich wirklich nicht sicher, ob sie das schaffen würde.

Es war, als wäre sie ein hormongesteuerter Teenager, bereit, sich in ihre erste Knutsch-Session zu stürzen.

Wenn das jemand anderem passieren würde, wäre es fast komisch – die Jungfrau, die endlich jemanden bespringen wollte und warten musste, um nicht irgendeiner ADDA-Vertreterin eine Gratis-Show zu bieten.

Und obwohl Gaby keine Blumen und Champagner erwartete, war es doch wohl nicht zu viel verlangt, dass ein Mädchen für ihr erstes Mal Sex ein bisschen Privatsphäre wollte.

Ashley öffnete eine Tür und bedeutete ihnen, einzutreten.

Drinnen erwartete Gaby, dass Ryan sie loslassen würde, aber er hielt ihren Arm weiter fest.

Oh nein! War er etwa ein weiterer Alphamann, bereit, ihr vorzuschreiben, was sie zu tun oder zu lassen hatte, genau wie die Drachenmänner in ihrem Clan?

Hatte sie die falsche Wahl getroffen?

Sobald Ashley zu ihnen in den Raum kam, wies sie auf zwei Stühle, die gegenüber an einem Tisch standen. „Setzen Sie sich, gehen Sie die Unterlagen durch, und lassen Sie mich wissen, wenn Sie fertig sind." Sie reichte Ryan ein Handy. „Meine Nummer ist da drin. Rufen Sie mich an, wenn Sie was brauchen, und ich meine es ernst. Seien Sie nicht dieser schweigende, leidende Mann, der versucht, tapfer zu sein, wenn er es nicht sein sollte. Ich nenne solche Typen Idioten."

Gaby biss sich auf die Lippe. Ja, sie mochte die Menschenfrau immer mehr.

Ryan nahm das Handy. „Ich versuche, kein Idiot zu sein. Aber ich denke, wir sind alle irgendwann mal einer, also kann ich es nicht ganz versprechen."

Ashley schnaubte. „Sie könnten bei den Drachenwandlern tatsächlich eine Chance haben."

Gabys Drache summte. *Ja, das könnte er wirklich.*

Als ihr Drache Bilder von seinem Hals, seiner Brust und schließlich dem Haarstreifen unter seinem Bauchnabel, den sie ablecken wollte, durch ihren Kopf jagte, wurden Gabys Wangen heiß. *Hör auf damit!*

Ashley nickte ihr zu und ließ sie dann allein. Die Tür fiel hinter ihr ins Schloss.

Ryan ließ endlich ihren Arm los, nur um den Stuhl herauszuziehen und sie einzuladen, sich zu setzen.

Um Grenzen zu setzen – es könnte durchaus sein, dass er einfach nur höflich sein wollte, aber Gaby wusste das noch nicht –, ging sie zur anderen Seite und setzte sich auf den Stuhl dort.

Mit einem Kopfschütteln nahm Ryan Platz. „Meine Mutter würde jetzt definitiv die Stirn runzeln, wenn sie noch lebte."

Da empfand Gaby einen Moment lang Bedauern. Es war kein Machtspiel gewesen, nur Höflichkeit.

Sie verdrängte das Gefühl und sagte: „Mein Beileid."

Er lächelte wehmütig. „Oh, meine Mutter ist schon vor einiger Zeit gestorben, und mein Vater nicht lange danach. Alle haben gesagt, er ist an gebrochenem Herzen gestorben."

Menschen hatten keine wahren Gefährten, aber Gaby wusste, dass einige von ihnen das Glück hatten, das Äquivalent zu finden.

Würde sie ihren in diesem Mann finden? Um mehr über ihn zu erfahren, fragte sie: „Und was würde sie davon halten, dass Sie jetzt mit mir hier sind?"

Er breitete die Hände aus, die Handflächen nach oben. „Ehrlich? Ich weiß es nicht. Ich vermute, solange Sie mich nicht auch für meinen Bruder verlassen, würde sie Sie mit offenen Armen will-kommen heißen."

Obwohl sie wusste, dass sie die Verträge unter-schreiben mussten, musste Gaby mehr über die Frau erfahren, die ihn verletzt hatte. „Erzählen Sie mir, was passiert ist. Und bevor Sie protestieren: Sie haben es selbst immer wieder angedeutet. Ich will nicht, dass Ihre Vergangenheit wie eine dunkle Wolke über uns hängt, während wir zusammen nackt sind."

Ryan lehnte sich in seinem Stuhl zurück und verschränkte die Arme vor der Brust. Obwohl er kein

Drachenwandler war, riefen seine breite Brust und die straffen Arme nach ihr. Hatte er Bräunungslinien? Oder ging er ohne Shirt nach draußen, sodass nur sein Po und sein Schwanz blass waren?

Vielleicht ging er manchmal nackt in die Sonne, so wie sie?

„Gabriela?"

Sie widerstand dem Drang, den Kopf zu schütteln, und begegnete dem Blick seiner haselnussbraunen Augen. „Ich denke, angesichts dessen, was wir vorhaben, können wir uns ruhig duzen. Nenn mich Gaby. Das machen alle."

„Okay, Gaby. Es gibt nicht viel zu erzählen. Mein Bruder – mein eineiiger Zwilling – hat mich mit meiner Frau betrogen, und vor etwa einem Jahr haben sie geheiratet und sind dann auf die andere Seite des Landes gezogen."

Ihr Bauch sagte ihr, dass er keine Entschuldigungen oder Mitleid wollte. Also platzte sie einfach mit dem heraus, was ihr einfiel. „Hatte er schon immer was für sie übrig?"

Ryans runzelte die Stirn. „Ich glaube nicht. Er war in der Army, als ich sie kennengelernt und geheiratet habe. Natürlich weiß ich nicht, wie lange die Affäre schon lief. Soweit ich weiß, könnte sie an unserem Hochzeitstag angefangen haben, da mein Bruder da Heimaturlaub hatte und dabei war."

Obwohl Gaby keinerlei Anspruch auf den Mann hatte, wollte sie die Frau finden und sie zu einem Boxkampf herausfordern. Einen Kampf, den Gaby leicht gewinnen würde. „Das ist ziemlich scheiße, oder?"

Er schnaubte. „Das trifft es ziemlich gut." Er musterte sie einen Moment lang, bevor er hinzufügte: „Und weißt du was? Du bist die erste Person, die mir nicht irgendwelche Lebensweisheiten darüber, dass die Zeit alle Wunden heilt oder sie es nicht wert ist, aufdrängen wollte."

Sie zuckte mit einer Schulter. „Nun, obwohl es mir leidtut, dass du so viel Schmerz in deinem Leben hattest, bin ich ziemlich froh, dass du jetzt hier bei mir bist und nicht bei ihr."

Während sie einander anstarrten, schmolz der Raum dahin, ihr Herz schlug schneller, und die Temperatur stieg um einige Grad.

Aber es war nicht nur sein Aussehen, das ihr Interesse weckte. Die Lachfältchen um seine Augen und seinen Mund sagten ihr, dass er früher viel gelächelt und gelacht hatte, und sie wünschte sich, sie könnte ihn wieder dazu bringen.

Ihr Blick fiel auf seine Lippen. Oh, dieser Mund! Was würde er damit tun, wenn er die Gelegenheit bekäme?

Ihr Drache knurrte. *Erledige den langweiligen Menschenkram, damit wir aufhören können, uns das vorzustellen, und anfangen, es zu tun.*

Ryan sprach als Erster wieder. „Du bist eine interessante Frau, Gaby. Deine Ehrlichkeit ist wirklich erfrischend."

Sie schmunzelte. „Du hast noch nicht einmal einige der interessantesten Teile von mir gesehen."

Er lächelte langsam. „Du bringst einen Mann gern ein bisschen aus dem Gleichgewicht, oder? Nun, ich werde mich nicht beschweren."

Dann stellte sie sich vor, wie er ihre Familie traf und sich dabei nicht vor ihrer Direktheit in die Flucht schlagen ließ, und sie fragte sich, ob er am Ende mehr als nur ein Samenspender sein könnte.

Wenn sie an Schicksal glaubte, dann hatte Gaby sich vielleicht für einen würdigen Mann aufgespart.

Das ist eine so menschliche Denkweise. Sex ist Sex. Allein von unseren Orgasmen weißt du, dass es sich gut anfühlt. Ich verstehe nicht, warum du es vermeidest.

Ich habe es nicht vermieden, Drache. Ich habe nur noch nicht den richtigen Mann dazu gefunden.

Ich glaube, jetzt hast du ihn gefunden, also hör auf zu trödeln.

Ihre Haut erhitzte sich noch mehr. Verdammt! Wenn es so weiterginge, würde er noch bemerken, dass sie errötete.

Ihr Drache lachte nur und rollte sich wieder in ihrem Geist zusammen.

Gaby zwang ihren Blick von Ryans weg, nahm einen der Ordner und reichte ihm den anderen. „Wir müssen das erledigen, bevor die zwei Stunden um sind."

„Angesichts des ganzen Aufwands für diese Sache kann ich mir nicht vorstellen, dass sie sagen werden, ‚Nein, Sie haben eine Minute zu lange gebraucht. Gehen Sie nach Hause, und warten Sie bis nächstes Jahr.'"

Sie verdrehte die Augen. „Offenbar hattest du noch nicht so viel mit dem ADDA zu tun wie ich."

„Nein, das hatte ich nicht. Hasst du sie dann?"

Gaby begegnete wieder seinem Blick. Viele Menschen hielten das ADDA für ein notwendiges Übel oder dachten überhaupt nicht darüber nach. Ein Drache konnte es nie vergessen. „Normalerweise nicht. Aber es nervt, immer ihre Erlaubnis für alles einholen zu müssen. Sie mögen es nicht, wenn Drachen sich unter Menschen mischen, es sei denn, es bringt irgendeinen Nutzen für die Menschheit, wie bei meinem Job."

„Ach ja, stimmt. Du bist bei der Waldfeuerwehr. Das war eines der wenigen Dinge, die sie uns vorher erzählt haben."

Sie wartete darauf, dass er sagte, sie müsse kündigen, dass ihr Job künftig darin bestehe, zu Hause zu bleiben und ihr Baby großzuziehen.

Aber er öffnete nur seinen Ordner. „Dann lass uns die ADDA-Götter nicht verärgern und das hinter uns bringen." Er begegnete wieder ihrem Blick. „Denn ich hätte gern die Gelegenheit, dich ein bisschen kennenzulernen, Gaby. Und dafür brauchen wir Privatsphäre, wo niemand zuhört."

Ihr Magen machte einen kleinen Salto angesichts seiner etwas gesenkten Stimme.

Ihr Drache hob den Kopf. *Stell dir vor, wenn er nackt auf uns liegt.*

Wag es ja nicht, mir jetzt Bilder zu zeigen.

Dann beeil dich gefälligst!

Zum ersten Mal bereute Gaby all die Pornos, die sie online gesehen hatte, denn sie machten es schwer, sich nicht vorzustellen, wie sie und Ryan all diese Dinge taten. Aber sie hatte nie vorgehabt, so lange Jungfrau zu bleiben, und ein Mädchen wurde irgendwann neugierig.

Aber zumindest hatte sie viele Ideen, die sie mit dem Mann ausprobieren wollte, der ihr gegenüber-saß. Und das motivierte sie, den verdammten Papier-krieg so schnell wie möglich zu erledigen.

Sie senkte den Blick und antwortete: „Dann einigen wir uns darauf, dass wir erst wieder reden, wenn alle Unterschriften geleistet sind."

Ryan tat so, als würde er seine Lippen mit einem Reißverschluss schließen und den Schlüssel wegwer-fen. Es war superkitschig, aber sie schmunzelte trotzdem.

Vielleicht, wenn sie Glück hatte, würde es vor all dem Sex auch was zu lachen geben. Sie hatte immer von einer solchen Beziehung mit einem Mann geträumt.

Doch als Ryan sich seinem Ordner zuwandte und zu lesen begann, tat sie dasselbe.

Sie konnte nicht anders, als alle paar Minuten aufzuschauen, um den Menschen zu mustern. Aber dann begegnete er ihrem Blick und lächelte, und sie konzentrierte sich wieder auf ihren Ordner.

Jedes Mal, wenn sie eine Seite unterschrieb, pochte ihr Herz schneller. Es würde wirklich passieren, und bald!

Im Gegensatz zu männlichen Drachenwandlern hatten weibliche nicht ständig Zugang zu den ausgewählten menschlichen Männern, es sei denn, sie stellten sich als ihr wahrer Gefährte heraus. Sie würde nur drei Tage mit ihm haben, bis zu den nächsten fruchtbaren Tagen im nächsten Monat.

Und wenn nach drei Monaten kein Baby unterwegs war, stand es dem Menschen frei, zu gehen. Doch wenn es zu einem Paarungsrausch kam, würde das ADDA zulassen, dass er seinen Lauf nahm. Das war die einzige Ausnahme

Angesichts von Gabys Glück bezweifelte sie jedoch, dass das passieren würde.

Sie umklammerte den Stift fester. Sie wollte mehr als drei oder maximal neun Tage.

Ihr Drache gähnte. *Dann nutze die Zeit, die wir haben, voll aus. Verschwende keinen Moment, sobald wir im ADDA-Haus allein sind.*

Gaby stimmte ihrem inneren Drachen zu. Sie würde keine Sekunde mit ihm verschwenden.

Oh, sie würde Ryan sagen, dass sie Jungfrau war, aber erst, wenn er so gut wie in ihr war. Zweifellos wäre er dann zu weit gegangen, um sich noch darum zu scheren.

Und sobald das erledigt war, konnte sie endlich

einen Mann erkunden und eine ihrer vielen Fantasien ausleben.

Zwar war der ganze Sinn der Lotterie, ein Kind für ihren Clan zu empfangen. Aber das bedeutete nicht, dass sie den Prozess nicht genießen konnte.

Also wandte sich Gaby wieder dem Lesen zu und bemühte sich, Ryans Anwesenheit zumindest vorerst zu ignorieren, und blickte, bis sie fertig war, nur etwa alle zehn Minuten verstohlen zu ihm hinüber.

Kapitel Drei

Mit sechsunddreißig dachte Ryan, er hätte gelernt, seinen Schwanz besser zu kontrollieren als mit neunzehn.

Und doch hatten Gabys Duft und ihre heißen Blicke ihn härter gemacht, als er es je in seinem Leben gewesen war.

Gaben Drachenwandler irgendeine Art von speziellen Pheromonen ab? Er konnte sich nicht erinnern, etwas darüber gelesen zu haben, aber er war auch nie der beste Schüler gewesen.

Was bedeutete, dass er lernen musste – und zwar schnell.

Vor allem, da er nur drei Tage Zeit hatte, die Drachenfrau besser kennenzulernen, die er aufs Bett werfen und ficken wollte, als gäbe es kein Morgen.

Selbst jetzt, während er darauf wartete, dass Gaby im Haus ankam, das sie die nächsten drei Tage

teilen würden, gab er sich jede Mühe, seinen mords-
mäßigen Ständer zu bändigen.

Ohne Erfolg.

Es kostete ihn all seine Kraft, nicht zu versuchen,
ihn zum wiederholten Mal zurechtzurücken, da eine
ADDA-Mitarbeiterin in einem geparkten Auto
kaum drei Meter entfernt saß und darauf wartete,
dass Gaby ankam, bevor sie sich verabschiedete.

Sie waren, wie er herausgefunden hatte, aus
einem bestimmten Grund in getrennte Autos gesetzt
worden – er war erneut gefragt worden, ob er
aussteigen wolle. Es würde eine geringe Vertrags-
strafe geben, aber es war die allerletzte Chance, zu
verschwinden, wenn er wollte.

Während „Verdammt, nein" durch seinen Kopf
hallte, war Ryan höflich geblieben. Es brachte nichts,
die zu verärgern, die entscheiden würden, ob er nach
all dem in Gabys Leben bleiben durfte.

Oh, er war mehr als nur ein wenig pessimistisch,
was das Verlieben und das Finden einer Frau anging,
die ihn – und nur ihn – für den Rest ihres Lebens
wollte. Aber es gab eine Sache, die er niemals tun
würde, und das war, ein Kind, das er gezeugt hatte,
zu verlassen. Selbst wenn es mit ihm und Gaby nicht
klappte, würden sie noch lange Zeit miteinander
verbunden sein.

Der zweite ADDA-SUV kam die Straße
herunter und parkte neben dem ersten. Gaby stieg
vom Beifahrersitz, und er widerstand dem Drang, zu
ihr zu rennen und sie zu begrüßen.

Warum sie eine solche Wirkung auf ihn hatte, wusste er nicht. Sie kannten sich erst seit ein paar Stunden, doch Jahre des Datens und der Freundschaft hatten nicht gereicht, um seine Ehe zu retten.

Nein. Er würde nicht zulassen, dass seine Ex das für ihn ruinierte. Sie hatte ihre Wahl getroffen, und es war an der Zeit, dass Ryan sich auf sein eigenes Leben und Glück konzentrierte.

Und für die nächsten drei Tage würde sich alles um eine gewisse Drachenfrau drehen.

Gaby lächelte ihn an, als sie sich näherte, und er hielt für einen Moment den Atem an. Während sie im Hotel schon hübsch gewesen war, betonte das Sonnenlicht hier draußen ihr Gesicht und Haar und ließ sie strahlen.

Hübsch war nicht genug, um sie zu beschreiben. Nein, sie war verdammt atemberaubend. „Hallo, schöne Frau.“

Sie schnaubte. „Jetzt bist du charmant. Liegt es daran, dass wir nicht mehr im Hotel sind, oder ist es was anderes? Und sag nicht, es liegt daran, dass ich ein Engel bin oder sowas.“

Mit einem schiefen Lächeln antwortete er: „Ich weiß nicht, aber irgendwas an der frischen Luft bringt es hervor. Genieß’ es, denn mit der nächsten Wolke könnte der Charme schon wieder verschwunden sein.“

Er zwinkerte, und sie schüttelte den Kopf. „Vielleicht können wir einen Mittelweg finden. Sonst bekomme ich noch ein Schleudertrauma.“

Ryan sehnte sich danach, ihre Wange zu berühren, aber er war sich der zwei ADDA-Vertreterinnen, die sie beobachteten, mehr als bewusst. Es sollte ihn nicht kümmern, aber woher sollte er wissen, ob Gaby öffentliche Zuneigungsbekundungen mochte? Und je länger er es vermeiden konnte, sie zu verärgern, desto besser. „Also … lass uns reingehen, und ich kann üben, die Balance zwischen beidem zu finden. Ich weiß, sie ist irgendwo da drin.“

Sie öffnete die Haustür und winkte den zwei Autos zum Abschied. „Was ich viel mehr will als deinen Charme zu testen, ist Privatsphäre. Komm rein.“

Gaby ging ins Haus, und Ryan folgte ihr. Sobald die Haustür ins Schloss fiel, beobachtete er, wie sie durch den Raum ging und zuerst mit den Fingern an der Rückseite des Sofas entlangfuhr, dann über einen Beistelltisch und schließlich den Kaminsims.

Für eine Frau, die Feuer löschte und andere gefährliche Arbeiten verrichtete, wirkte sie sanft.

Genau wie die Berührung, die er auf seiner Brust und hinunter zu seinem Schwanz spüren wollte.

Und einfach so war er eifersüchtig auf Möbel.

Hör auf, Ryan! Mein Gott! Er verhielt sich seltsam für seine Verhältnisse. Normalerweise war er nicht eifersüchtig, es sei denn, ein anderer Mann berührte seine Frau, wenn er es nicht sollte.

Es sei denn, Drachenwandler standen auf sowas?

Verdammt, er hatte eine steile Lernkurve vor

sich. Vielleicht hätte er auf seine Schwester hören und mehr über das Thema lesen sollen.

Gaby blieb stehen und wandte sich ihm zu, den Kopf zur Seite geneigt. „Nun, was willst du als Nächstes tun?"

Ryans Gedanken sprangen sofort dazu, ihr die Kleider vom Leib zu reißen und sie über die Couch zu beugen.

Aber selbst, wenn seine „Aufgabe" war, Gaby zu schwängern, wollte er, dass die Drachenfrau sich nicht nur wie ein Aufnahmegefäß für seinen Schwanz fühlte.

Er ging zu ihr und nahm ihre Hand. Als sie ihre Finger um seine schlang, verblasste das Unbehagen ein wenig. „Erzähl mir was über dich, etwas, das nicht viele wissen."

Sie musterte ihn eine Sekunde. „Okay, damit hatte ich nicht gerechnet."

Ryan hob die Brauen. „Was? Hast du erwartet, dass ich dich über meine Schulter werfe und nach oben ins Schlafzimmer trage?"

Er hätte schwören können, dass sie murmelte: „Hoffentlich nicht", aber er hatte das kaum verarbeitet, als sie in normaler Lautstärke sagte: „Ich denke, du bist stark genug, aber lass uns das nicht versuchen." Gaby trat näher und fuhr sanft über sein Shirt und sein Schlüsselbein, und schon die leichte Reibung ließ sein Herz pochen. Sie fuhr fort: „Also, du willst eines meiner Geheimnisse wissen?"

Ryan fand seine Stimme, die rauer war als sonst. „Ja, das will ich."

Sie studierte seinen Blick, ihre Augen blitzten einmal, bevor sie antwortete: „So sehr ich meine Familie liebe, ich habe einen älteren Bruder, meinen Vater, vier Onkel und sieben männliche Cousins, die alle denken, ich könne nichts selbst entscheiden oder sollte jederzeit vor der geringsten Gefahr geschützt werden. Sie wollen jeden Aspekt meines Lebens kontrollieren, alles, um mich zu beschützen. Und weißt du was? Ich hasse das wirklich."

Er runzelte die Stirn. „Warum verhalten sie sich so? Du verdienst deinen Lebensunterhalt als Feuerwehrfrau! Man sollte meinen, das beweist, dass du tough genug bist."

Sie seufzte. „Sie sind Drachenwandler-Männer. Das ist Erklärung genug."

Vielleicht sollte er es auf sich beruhen lassen, ihre Wange streicheln und versuchen, sie mit seinen Lippen abzulenken. Aber Ryan spürte, dass diese Wahrheit der Grund war, warum sie an der Lotterie teilgenommen hatte. Verdammt, vielleicht sogar der Grund, warum sie ihn ausgewählt hatte. „Bin ich dann dein Akt der Rebellion?"

Sie wich seinem Blick nicht aus, und er bewunderte sie dafür. „Anfangs warst du das, ja. Ich dachte, es wäre schön, mit einem menschlichen Mann zusammen zu sein, jemandem, der ganz anders ist als alles, was ich kenne."

Er studierte ihr Gesicht. „Ich spüre ein ‚aber' kommen."

Sie lachte halbherzig, und er sehnte sich danach, ein echtes Lachen zu hören.

Gaby antwortete: „Aber, nun, ich weiß nicht. Ich hätte nie erwartet, dass ich dich für mehr als nur für Sex würde kennenlernen wollen, ganz zu schweigen davon, mich so zu dir hingezogen zu fühlen."

Also spürte sie die Anziehung auch. „Hmm, und was bedeutet das? Was möchtest du?"

Sie suchte seinen Blick und sagte: „Das hängt davon ab, Ryan Ford. Was möchtest du? Sei ehrlich und sag mir, ob es dir nur darum geht, zusammen zu sein und dann zu gehen. Das ist vollkommen okay, denn das haben wir beide so unterschrieben. Aber wenn du mehr möchtest, dann sag es mir. So werde ich nicht alles zu Tode analysieren."

Er beschloss, genauso ehrlich zu sein wie sie. „Ich könnte dir was vormachen und sagen, alles wird perfekt, und wir finden eine Art magisches Happy End." Er fuhr sich mit einer Hand durchs Haar. „Aber ehrlich? Es wird Zeit brauchen, bis ich einer Frau wieder vertrauen kann. Ich bin definitiv ein bisschen kaputt, was Beziehungen und Vertrauen angeht." Endlich legte er eine Hand an ihre Wange und streichelte ihre weiche Haut mit dem Daumen. „Aber ich fange an zu denken, dass es mit dir den Schmerz wert sein könnte, es zu versuchen."

„Dann lass es uns versuchen", sagte sie leise.

Sie starrten einander ein paar Herzschläge lang

an, und Ryan spürte, dass diese Frau für ihn bestimmt war, fast so, als hätte er sein ganzes Leben auf sie gewartet.

Was verrückt war, aber wann immer er versuchte, es abzutun, fühlte es sich falsch an.

Und für einen Mann wie ihn, der anderen nicht mehr leicht vertraute, war das eine verdammt große Sache. Definitiv etwas, das er nicht einfach verdrängen und vergessen konnte.

Nicht, dass er mit dieser Drachenfrau so schnell über *dieses* Bauchgefühl sprechen würde.

Als er ihre Wange streichelte, gefiel ihm, wie sie sich in seine Berührung lehnte. Er sprach schließlich weiter. „Ich bin mehr als bereit, es zu versuchen, Darling. Was willst du zuerst tun?"

Gaby ließ schließlich seine Hand los und lehnte sich gegen seine Brust. Sein Herz schlug schneller bei ihrem Gefühl, ihrer Wärme und ihrem Duft, der ihn umgab. Als sie sich noch mehr an ihn schmiegte, sog Ryan die Luft ein, und sie lächelte über den Laut.

Sie antwortete: „Nun, da wir nur die nächsten drei Tage zusammen haben, sollten wir vielleicht zuerst küssen und später reden?"

Seine Augen schossen zu Gabys Lippen. Seine eigenen pochten und sehnten sich danach, ihre zu streicheln, ihren Mund zu verschlingen, um zumindest einen kleinen Anspruch auf diese Frau zu erheben.

Er hätte fast geblinzelt. Was zum ...? Er hatte sie gerade erst kennengelernt.

Sie lehnte sich näher und hob ihren Kopf zu ihm. Sie flüsterte: „Also, gefällt dir mein Vorschlag? Denn wenn ja, musst du einem Mädchen irgendein Zeichen geben."

Mit rasendem Herzen senkte er seine Lippen, bis sie nur einen Zentimeter von ihren entfernt waren, und sagte: „Dann werde ich dich küssen, Gabriela Santos, bis du nach Atem ringst."

Ryan senkte den Kopf und presste seine Lippen auf ihre. Er stöhnte, als Hitze durch seinen Körper schoss. Er wollte das Innere ihres Mundes spüren, mit ihrer Zunge ringen und dann jede verdorbene Sache tun, die ihm einfiel.

Doch bevor er mit seiner Zunge zwischen ihre Lippen dringen konnte, schrie Gaby auf und stieß ihn weg. Drachenwandler waren stärker als Menschen, selbst die weiblichen, und er taumelte rückwärts.

Bevor er ein Wort sagen konnte, presste Gaby ihre Hände an die Seiten ihres Kopfes, schloss die Augen und kauerte sich zu einer Kugel zusammen.

Etwas stimmte nicht.

Er wollte nach ihr sehen, aber sie knurrte: „Bleib zurück!"

Sie so am Boden zu sehen, zusammengerollt, tat seinem Herzen weh. Ryan konnte sie nicht einfach allein lassen.

Also machte er einen Schritt auf sie zu, und sie

öffnete sofort die Augen, ihre Pupillen blitzten zwischen rund und geschlitzt, als sie sagte: „Lauf, Ryan, es sei denn, du willst die volle Wucht meines Drachen in einem Paarungsrausch spüren."

„Rausch?" *Oh Scheiße.* Er erinnerte sich vage an etwas darüber in den Unterlagen.

Ein Kuss verriet einem Drachenwandler, wer sein wahrer Gefährte war.

Und irgendwie war Ryan Gabys.

Doch als er ihren angespannten Kiefer und ihre blitzenden Augen beobachtete, konnte er nicht weglaufen. Zum ersten Mal in seinem Leben brauchte ihn eine Frau – und nur ihn –, und er würde für sie da sein.

Er hoffte nur, dass er den Rausch in einem Stück überlebte.

Also ging er auf sie zu und sagte: „Nur zu, Gaby. Ich bin bereit für deinen Drachen."

Gaby konnte ihren Drachen kaum davon abhalten, die Kontrolle über ihren Geist und Körper zu übernehmen.

Ihr Tier tobte in ihrem Kopf und schrie: *Küss ihn, fick ihn, beanspruche ich! Er gehört uns, und wir müssen dafür sorgen, dass jeder es weiß.*

Er muss die Entscheidung treffen. Ich werde ihn nicht zwingen.

Ihr innerer Drache brüllte. *Das Schicksal hat die*

Entscheidung getroffen! Er gehört uns! Beanspruche ihn, bevor er wegläuft!

Und das war der Moment, in dem Gaby Ryan warnte.

Doch anstatt zu fliehen, kam er auf sie zu und sagte: „Nur zu, Gaby. Ich bin bereit für deinen Drachen."

Ihr Tier versuchte weiter, die Kontrolle zu übernehmen. *Er will uns. Hör auf, dagegen anzukämpfen!*

Irgendwie presste sie hervor: „Bist du sicher? Ein Rausch ist aggressiv und fremd für Menschen."

Er ging in die Hocke und berührte ihre Wange. „Ja, ich bin sicher. Jetzt sag mir, was du brauchst, Gaby."

Ihr Drache stieß Gaby schließlich in den hinteren Teil ihres Geistes und übernahm die Kontrolle. Gabys Stimme war etwas tiefer, ein Zeichen, dass ihr Tier sprach. „Zieh dich aus und leg dich hin. Ich will dich ficken, dich beanspruchen und dich zu meinem machen."

Im nächsten Augenblick stieß ihr Drache Ryan zu Boden, fuhr die Krallen aus und riss Ryan die Kleider vom Leib.

Gaby beobachtete entsetzt und wünschte sich, ihr Tier würde zulassen, dass die menschliche Seite ihn das erste Mal nahm.

Nicht nur sein erstes Mal mit ihr, sondern ihr erstes Mal überhaupt mit einem Mann.

Bitte, Drache. Du kannst später wieder rauskommen.

Nein. Du hast zu lange gewartet. Ich beanspruche unseren Mann. Jetzt.

Gabys Drache zerriss ihre eigenen Kleider. Ihr Tier schien nicht zu bemerken, dass Ryan sie fast ehrfürchtig ansah, als hätte er noch nie etwas so Schönes gesehen.

Oh, Ryan. Was würde ich nicht geben, um das anders zu machen, dachte Gaby.

Ihr Drache saß bereits rittlings auf ihm und positionierte seinen Schwanz an ihrem Eingang.

Die einzig gute Nachricht? Er war hart, obwohl er ihrem sexbesessenen Tier ausgesetzt war.

Er war definitiv ein starker Mensch.

Und doch sollte Ryan *ihr* Mensch sein.

Sie versuchte wieder, ihren inneren Drachen in den hinteren Teil ihres Geistes zu drängen, aber ihr Tier errichtete lediglich eine unsichtbare Barriere, mit der es Gaby einsperrte.

Aus Erfahrung wusste sie, dass sie nicht herauskommen würde, bis ihr Tier entweder müde wurde oder sie von sich aus freiließ.

Und darum wollte sie zugleich jemanden schlagen und weinen.

Doch als ihr Drache auf Ryans Schwanz herunterstieß, ohne dem scharfen Schmerz beim plötzlichen Eindringen Beachtung zu schenken, hörte Gaby auf, sich zu wehren.

Ihr Drache hatte ihr ihr erstes Mal genommen, und sie konnte nichts dagegen tun.

Während ihr Tier ihre Hüften bewegte und über

Ryans Brust kratzte, versuchte Gaby, es zu genießen. Aber während es ihren Drachen nicht kümmerte, tat es ihr ein bisschen weh.

Das alles war falsch, so falsch.

Dann legte Ryan seine Hände auf ihre Hüften und versuchte, ihr Tier zu lenken. Als er ihre Bewegungen etwas verlangsamte, tat es weniger weh.

Und dann fand sein Daumen ihre Klitoris, massierte sie in langsamen Kreisen, und Gaby wollte angesichts des Rauschs der Lust keuchen.

Der Rest geschah wie im Nebel, ihre Körper bewegten sich, Ryan liebkoste sie und half ihr, sich zu entspannen. Trotz der seltsamen Situation, es mit ihrem inneren Drachen zu tun zu haben, kümmerte er sich immer noch um ihre Lust. Sie wollte sich vorbeugen und ihn küssen.

Doch ihr Drache interessierte sich nur dafür, ihn zum Kommen zu bringen, seinen Samen zu nehmen und zu versuchen, schwanger zu werden.

Als Ryan genau das richtige Tempo fand, explodierte die Lust durch ihren Körper. Kurz darauf hielt Ryan ihre Hüften still und stöhnte, ohne auch nur einmal den Blick von ihr abzuwenden, obwohl ihre Pupillen unter der Kontrolle ihres Drachen geschlitzt sein würden.

Sobald er sich zu Boden sinken ließ, stand ihr Drache auf und knurrte: „Nochmal."

Da ihr Drache nach dem Orgasmus ein wenig abgelenkt war, nutzte Gaby ihre Chance. Sie knurrte und stürzte auf die unsichtbare Barriere zu.

Das nächste Mal mit Ryan würde ihr gehören, koste es, was es wolle.

Die Barriere verschwand, und Gaby erreichte die vordere Hälfte ihres Geistes. Mit einem Brüllen schuf sie ein mentales Gefängnis und warf ihr Tier hinein. Da Gabys Version komplexer war, würde es ihr Tier länger festhalten.

Nicht für immer, aber lange genug.

Während sie schwer atmend dastand, sah sie in Ryans Gesicht. Doch er starrte mit gerunzelter Stirn auf seinen Schwanz.

Und da sah sie es – ihr Jungfrauenblut an seinem Schwanz.

Er sah sie an. „Du ... warst noch Jungfrau?"

„Ich, ähm ... ja. Betonung auf *war*."

Er fluchte und stand auf. Während er langsam auf sie zuging, fragte er: „Geht's dir gut? Wenn ich das gewusst hätte ..."

Sie schüttelte den Kopf. „Meinem Drachen war es egal, und ganz gleich, was du gesagt oder getan hättest, er hätte nicht anders gehandelt."

Sein Blick wich nicht von ihrem. „Kommt er zurück, oder ist er fertig?"

„Er wird bald zurück sein. Ich kann ihn während eines Paarungsrausches nur für kurze Zeit einsperren."

Sie schlang die Arme um ihre Brust, blickte zu Boden und wünschte sich, sie könnte sofort in Ryans Arme springen, ihn küssen und so tun, als wären die letzten fünf oder zehn Minuten nie passiert.

Aber je länger sie dort stand, desto mehr schmerzte es zwischen ihren Schenkeln.

Es war alles so schiefgegangen. Die Unbeschwertheit zwischen ihnen war verschwunden, und Gaby wusste nicht, wie sie das reparieren sollte.

Ryan kam nahe genug, um seine Hand an ihre Wange zu legen. „Sieh mich an, Gaby." Sie tat es, überrascht über die Freundlichkeit in seinen Augen. Er fuhr fort: „Wie lange haben wir, bis er zurückkommt?"

„Warum? Willst du beim ADDA anrufen, damit sie dich abholen? Denn ich würde es vollkommen verstehen, wenn du aus der Sache rauswillst."

Er knurrte. „Auf keinen verdammten Fall gehe ich jetzt. Und nicht nur, weil die Möglichkeit besteht, dass du mit meinem Kind schwanger bist." Er kam einen Zentimeter näher, sein heißer Atem tanzte über ihre Stirn. „Wenn wir genug Zeit haben, lass mich dir helfen, dich zu duschen und dich zu entspannen, bevor er wieder rauskommt."

Sie suchte seinen Blick und platzte heraus: „Wie bleibst du bei alldem so ruhig?"

Er legte seine andere Hand an ihre andere Wange. Während seine Daumen über ihre Haut strichen, lehnte sie sich an ihn, um Halt zu finden. Er sagte: „Wenn ein wahrer Gefährte einen Drachenwandler verlässt, ist das nicht gut, oder?"

Gaby schüttelte den Kopf. „Nein."

Sie müssten Gaby wahrscheinlich in einem Raum einsperren, bis ihr Tier sich beruhigte, oder sie vielleicht sogar mit Drogen vollpumpen, um ihr Tier zum Schweigen zu bringen.

Und das konnte jahrelang so gehen, wenn ihre menschliche Hälfte die Kontrolle verlor.

Ryans sanfte Stimme rollte über sie, fast wie eine Liebkosung. „Dann lass mich der Mann sein, den du brauchst, okay? Was bedeutet, dass ich dich jetzt waschen und dir beim Entspannen helfen werde. Lässt du mich?"

Der menschliche Mann war so anders als die Drachenmänner, die sie kannte. Nie würden sie bei jedem Schritt ihre Erlaubnis einholen, geschweige denn gehen, wenn sie sie darum bitten würde. Und doch spürte sie, dass Ryan genau das täte.

Sie war froh, dass er bleiben wollte, und nicht nur, weil das Schicksal entschieden hatte, dass er ihr wahrer Gefährte war. Je mehr sie über ihn erfuhr, desto mehr mochte sie ihn auch als Mann.

Gaby lehnte sich an ihn, fand Trost in seiner Wärme. „Okay, aber es muss schnell gehen. Mein Drache wird in etwa zwanzig Minuten wieder draußen sein."

Er küsste zärtlich ihre Lippen, und etwas von ihrem früheren Feuer kehrte zurück. Sie öffnete den Mund und stöhnte, als seine Zunge ihre fand und sie streichelte, als könne er nie genug von ihr bekommen.

Als er sich schließlich von ihr löste, lächelte Gaby. „Das ist ein viel besserer erster Kuss."

Ein Mundwinkel zuckte nach oben. „Ich bin

nicht sicher, ob ich es jemals toppen kann, das Verlangen eines Drachen nach Sex zu wecken." Er streichelte ihre Wange. „Aber mir gefällt, dass es mir mehr von deiner menschlichen Seite gezeigt hat, Gaby. Und ich will definitiv mehr." Er beugte sich zu ihrem Ohr. „Aber zuerst müssen wir duschen und dafür sorgen, dass du dich entspannst."

Er trat zurück, nahm ihre Hand, und schließlich fanden sie das Schlafzimmer und das Bad.

Obwohl ihr Tier gegen das mentale Gefängnis hämmerte, zweifellos brüllend, um herauszukommen, bemühte Gaby sich, es zu ignorieren.

Die nächsten fünfzehn oder zwanzig Minuten gehörten ihr und Ryan, und niemandem sonst.

Oh, sie würde nicht ständig während des Rausches gegen ihren Drachen kämpfen, da es sie beide erschöpfen würde. Doch sie wollte ein bisschen mehr von Ryans Zärtlichkeit, um das aggressive erste Mal ihres Drachen auszugleichen.

Und als er das Wasser aufdrehte und sie dann anlächelte, mit Schalk und Hitze in den Augen, tat Gaby, was in ihrer Macht stand, um das mentale Gefängnis zu verstärken. Vielleicht konnte sie eine halbe Stunde mit ihrem Menschen genießen, wenn sie sich genug anstrengte.

Kapitel Vier

Eine Mischung aus Schuld und Bedauern wühlte Ryan innerlich auf, als er Gaby zur Dusche führte.

Sie war Jungfrau gewesen! Sie hatte verdammt nochmal mehr verdient als grobes Rammeln für ihr erstes Mal. Wenigstens hatte sie zumindest einen Orgasmus gehabt, sonst wäre er noch wütender auf sich selbst gewesen.

Er konnte die Vergangenheit nicht ändern, aber er würde verdammt nochmal versuchen, das bei Gaby wiedergutzumachen.

Von jetzt an würde er dafür sorgen, dass ihr innerer Drache begriff, dass er beide wollte, nicht nur das Tier. Er wusste instinktiv, dass das Setzen von Grenzen extrem wichtig wäre, wenn er eine Zukunft mit Gaby wollte.

Was er tat, trotz all der Gründe, die er hatte, vorsichtiger zu sein.

Als das heiße Wasser seine Schultern und dann ihre traf, stöhnte Gaby und wandte sich dem Strahl zu.

Das Wasser floss über ihr Gesicht, ihren Hals und die Rundungen ihrer Brüste. Sein Schwanz zuckte, als er sich vorstellte, ihre harten kleinen Nippel zu lecken, bis sie um mehr bettelte. Dann würde er langsam seinen Weg ihren Körper hinab küssen, bis er sie mit seinem Mund zum Kommen bringen konnte.

Nur hatte er keine unendliche Zeit mit Gabys menschlicher Seite. Ihr Drache würde viel zu bald zurückkehren, also musste er die kurze Zeit, die er hatte, nutzen, um sie besser kennenzulernen.

Ryan griff nach einem Stück Seife, legte seine Arme um sie und flüsterte ihr ins Ohr: „Bereit für die beste Dusche deines Lebens?"

Sie lächelte. „Da hat aber jemand eine hohe Meinung von sich."

Er knabberte an ihrem Ohrläppchen, und es gefiel ihm, wie sie die Luft einsog. „Die ist gerechtfertigt, wenn es die Wahrheit ist. Ich muss es nur beweisen."

Ryan begann an ihren Schultern, dann ließ er die Seife zu ihrer Brust gleiten und achtete darauf, um ihren Nippel zu kreisen, ohne ihn zu berühren. Der Nippel richtete sich auf, und ihm lief das Wasser im Mund zusammen bei dem Gedanken, ihn zu kosten.

Bald, Ryan. Bald.

Er wechselte zur anderen Brust und wiederholte

die Bewegung, genoss, wie sie sich zurücklehnte und ihr weicher Po seinen schon wieder harten Schwanz berührte.

Er murmelte: „Wenn ich Zeit habe, werde ich die Seife durch meine Zunge ersetzen." Er ließ sie zwischen ihre Brüste gleiten, dann hinab zu ihrem Bauch und hielt knapp über ihrem getrimmten dunklen Haar inne. „Würde dir das gefallen?"

Sie schob ihr Becken vor, als wollte sie, dass er weitermachte. „Ja."

„Gut." Er wusch sie zwischen ihren Schenkeln, so sanft wie möglich, bevor er in die Hocke ging und langsam ihre Beine hinabfuhr, bis er ihren Knöchel erreichte. Als er mit dem anderen Bein fertig war und auf der Innenseite ihres Schenkels endete, sprach er wieder. „Kannst du dich für mich umdrehen, Gaby?"

Ohne zu zögern, tat sie es und brachte sein Gesicht genau auf die Höhe ihrer Pussy.

Während sein Mund wässrig wurde vor Vorfreude, sie zu kosten, wusch er weiter die Rückseite ihrer Beine, nahm sich Zeit mit ihren Pobacken und stand dann auf, um sich ihrem Rücken und ihren Armen zuzuwenden.

Sie starrte zu ihm hoch, ihre Pupillen immer noch rund, aber leicht geweitet, und sagte: „Küss mich, Ryan."

Er warf die Seife in die Halterung, drückte sie an seinen Körper, nahm ihre Lippen und tauchte sofort zwischen sie, um angesichts ihres heißen, süßen Geschmacks zu stöhnen.

Als sie seine Schultern umklammerte, vertiefte er den Kuss, liebkoste und leckte sie und ließ die Drachenfrau vor sich wissen, dass er sie mehr wollte als er jemals jemanden in seinem Leben gewollt hatte. Fast so, als müsste er sterben, wenn er sie nicht jeden Tag küssen könnte.

Nach ein paar Minuten löste er sich schließlich von ihr. Ihr heißer, schwerer Atem auf seinem Gesicht machte es fast unmöglich, sie nicht wieder und wieder zu küssen.

Wenn er nur mehr Zeit hätte.

Er nahm ihr Gesicht in seine Hände und sagte: „Es gibt so viel mehr, was ich mit dir tun will, Gaby."

„Was zum Beispiel?"

„Auch, wenn ich weiß, dass es dem ultimativen Ziel, dich zu schwängern, nicht hilft", – er hielt inne, beugte sich zu ihrem Ohr vor und senkte die Stimme, – „will ich dich zwischen deinen schönen Schenkeln lecken und dich alles außer dem Hier und Jetzt und wie sehr ich dich will vergessen lassen."

Ihr Atem stockte. Sie überraschte ihn, als sie antwortete: „Das will ich auch."

Mit einem Knurren hob er sie hoch, drehte sich um und setzte sie auf die kleine Bank in der Dusche.

Nach einem schnellen Kuss leckte und knabberte er ihren Hals hinab und küsste ihre Brüste, bevor er an ihren harten, hübschen Nippeln saugte, dann machte er weiter, bis er an ihrer Scham ankam.

Er drückte gegen ihre Schenkel, und sie öffnete sie weiter.

Verdammt. Sie war so feucht und geschwollen, genauso begierig darauf, seine Zunge auf ihr zu spüren, wie er sie kosten wollte.

Er senkte seinen Kopf, leckte einmal über ihren Spalt und genoss, wie sie zuckte. Also tat er es nochmal.

Gaby fuhr mit den Fingern durch sein Haar, als wollte sie ihm sagen, er solle ja nicht daran denken, aufzuhören.

Also ging er in Position, leckte, labte sich und verschlang ihre Pussy, stöhnte darüber, wie verdammt gut sie schmeckte. Er hätte stundenlang ihren süßen Honig lecken können und immer noch mehr wollen.

Bald wand sich Gaby, und er leckte hinauf zu ihrer Klitoris, achtete aber darauf, das harte Nerven-bündel zu umkreisen, ohne es zu berühren. Dann murmelte er: „Jetzt ist es Zeit, dass du wirklich meine Zunge lieben lernst."

Er saugte an ihrer Klitoris, schnippte mit der Zunge dagegen, und Gaby schob sich seinem Kopf entgegen.

Er folterte sie weiter mit seiner Zunge und vari-ierte das Tempo, bis sie sich ihm noch mehr entge-genschob. Also saugte er an ihrem Nervenbündel und knabberte sanft, bis Gaby ihre Nägel in seine Kopfhaut grub und schrie.

Er beobachtete ihr Gesicht, ihre Lippen formten ein O, bevor sie zutiefst befriedigt seufzte.

Als sie sich zu entspannen begann, neckte Ryan sie weiter und zog ihren Orgasmus in die Länge. Er brannte darauf, einen oder zwei Finger in ihre Pussy zu schieben, wollte aber abwarten. Sie musste wund sein, und er wollte, dass sie diesmal nur Lust empfand, keinen Schmerz.

Seine Drachenfrau entspannte sich schließlich gegen die Wand. Ryan küsste ihre Schenkel, bevor er dasselbe ihren Körper hinauf tat, bis er ihrem Blick begegnen konnte. Als er den befriedigten Ausdruck in ihren Augen sah, konnte er nicht anders, als sich vorzubeugen und ihre Lippen in einem langsamen, gierigen Kuss zu nehmen.

Gaby löste sich schließlich und legte eine Hand an seine Wange. Sie lächelte. „Ich denke, daran könnte ich mich gewöhnen."

„Ich mich auch, Gaby. Ich auch." Nachdem er ihr das nasse Haar aus dem Gesicht gestrichen hatte, fügte er hinzu: „Machen wir uns fertig, bevor dein Drache wieder rauskommt. Sonst könnte er aggressiv werden und mich rückwärts auf den Fliesenboden schleudern. Ich stehe auf harten Sex, aber vorzugsweise nicht die Art, die mir eine Gehirnerschütterung einbringen könnte."

Er wollte aufstehen, aber Gaby nahm seine Hand. „Bevor er rauskommt, wirst du mit mir schlafen, Ryan?"

Er suchte ihren Blick. Während sein Schwanz

laut „Ja" schrie, wollte er ihr nicht wehtun. Ein Orgasmus machte nicht wett, wie er ihr die Jungfräulichkeit genommen hatte. „Bist du sicher? Wenn du dich ausruhen musst, verstehe ich das."

Sie stand auf und legte eine Hand an seine Brust. Als sie sanft Figuren auf seiner Haut zeichnete, schoss noch mehr Blut gen Süden. Sie nickte. „Ja. Das kann mein erstes Mal sein. Vorher war es das meines Drachen, aber jetzt bin ich dran."

Verdammt, ihm gefiel, dass sie sagte, was sie wollte. Er küsste sie schnell und drehte das Wasser ab. „Dann mach schnell. Bei deinem ersten Mal nehme ich dich nicht in der Dusche." Er zwinkerte. „Das hebe ich mir für später auf, wenn du es ein bisschen rauer verträgst."

Sie schnaubte. „Ich dachte, Fliesen sind eine Gehirnerschütterungs-Gefahrenzone, oder so?"

Seine Augen wurden heiß. „Nicht, wenn ich das Sagen habe, dein Drache eingesperrt ist und ich dich gegen die Wand nehme."

„Oh", keuchte sie.

Er nahm ein Handtuch, trocknete sie schnell ab und dann sich selbst. Als er fertig war, hob er sie hoch und verließ das Badezimmer. Sie kicherte: „Ich kann durchaus laufen, weißt du?"

„Natürlich kannst du das. Aber das ist mein Versuch, meine Drachenfrau zu beeindrucken. Ich komme damit klar, dass du stärker bist als ich. Meistens. Gönn mir wenigstens ab und zu die Illusion, der Stärkere zu sein, okay?"

Sie streichelte seinen Bizeps, und Hitze flammte bei ihrer Berührung auf. Sie antwortete: „Das wird nicht so schwer sein, da du ziemlich stark bist." Sie senkte ihre Stimme und sah zu ihm auf. „Und irgendwann werde ich jeden deiner Muskeln lecken."

Sein Schwanz ließ einen Tropfen Feuchtigkeit heraus. Irgendwie wusste Gabriela Santos genau, was sie sagen musste, um ihn anzuturnen.

Nachdem er sie aufs Bett gelegt hatte, kroch er über sie. „Bereit, Mylady?"

Sie lächelte. „Aber ja, mein edler Ritter." Sie senkte ihre Stimme. „Versuch nur nicht, den Drachen zu töten, okay?"

Er lachte und beugte sich näher zu ihren Lippen. „Niemals. Ich brauche dich in einem Stück."

Für viele, viele Jahre.

Während er den lächerlichen Gedanken verwarf, senkte er sich auf sie und eroberte Gabys Lippen erneut.

Nicht zum ersten Mal war Gaby froh, dass ihr wahrer Gefährte ein Mensch und kein Drachenwandler war.

Hätte sie einen Drachenwandler-Gefährten geküsst, würden sie immer noch weitermachen, den Launen des einen oder anderen Tieres ausgeliefert, wahrscheinlich beide unfähig, ihre Drachen lange genug zu kontrollieren, um das zu tun, was gerade im Badezimmer passiert war.

Nie hätte Gaby sich vorgestellt, dass eine einfache Dusche so verdammt erotisch sein könnte.

Ryan mochte etwas rücksichtsvoller sein, als sie erwartet hatte, aber heilige Scheiße, er wusste, wie man seine Zunge einsetzte und sie zum Schreien brachte.

Und als er ihren Körper unter seinem hatte, auf Händen und Knien über ihr auf dem Bett, brannte sie darauf, ihn in sich zu spüren. Pfeif auf jeglichen Restschmerz.

Dann küsste er sie, und Gaby hob eine Hand, um ihn näher zu ziehen, ihr gefiel das Gefühl seines Gewichts auf ihr.

Sie spreizte ihre Beine weiter, genoss, wie sein harter Schwanz gegen ihren Bauch drückte. Es kostete sie alles, nicht ihre Hüften zu heben und ihn anzuflehen, sie zu beanspruchen.

Und nicht wegen des Verlangens ihres Drachen oder irgendeines Paarungsrausches. Nein, es war, weil sie diesen Menschen wollte. Verzweifelt.

Ryan löste sich von ihren Lippen und küsste ihre Stirn, ihre Wange, ihren Kiefer und die Seite ihres Halses, bevor er murmelte: „Warum fühlt es sich an, als könnte ich nie genug von dir bekommen? Hast du einen Zauber über mich gelegt, Gaby?"

Sie ließ ihre Hände seinen Rücken hinabgleiten, bis sie seinen harten, runden Po in ihren Händen halten konnte. „Nein, Drachen haben keine magischen Kräfte oder Pheromone. Das sind alles alberne Gerüchte, wahrscheinlich von Drachen-Groupies in die Welt gesetzt, um ihr peinliches Verhalten zu rechtfertigen."

Ryan biss verspielt in die Stelle, wo ihre Schulter auf ihren Hals traf, und Gaby bog ihren Rücken durch, stöhnte fast angesichts seiner festen Brust, die gegen ihre Brüste drückte.

Er wanderte ihren Körper hinab und schnippte mit der Zunge gegen einen ihrer Nippel. „Ich will dich fast eine Lügnerin nennen, aber vielleicht bist du einfach die Frau, auf die ich die ganze Zeit gewartet habe."

Sie wusste – gerade so, da sie kaum atmen konnte, wann immer Ryan mit der Zunge über ihren Nippel schnippte –, dass es wahrscheinlich nur der Sex war, der ihn das sagen ließ, aber es war ihr egal. „Dann zeig mir, wie sehr du die Frau willst, die für dich bestimmt ist."

Seine Hand glitt zwischen ihre Schenkel. Als er ihre Öffnung streichelte, spreizte sie ihre Beine noch weiter.

Er knurrte. „Du bist schon so verdammt feucht."

„Für dich, Ryan. Ich will dich."

Er schob sanft einen Finger in sie. Während sie ein vages Ziehen spürte, fühlte es sich umso besser an, je länger er sanft in sie hineinstieß, bis sie mehr wollte, viel mehr.

Ryan nahm einen zweiten Finger hinzu, küsste

sie dabei, und Gaby schob ihm ihre Hüften entgegen, wollte ihn noch tiefer spüren.

Sie wollte mehr, viel mehr. Sein Gewicht, seine Wärme und seinen Duft, der sie umgab. Seinen Schwanz in sich aufnehmen und so nah sein, wie zwei Wesen es einander nur sein können.

Das war das, worauf sie die ganze Zeit gewartet hatte.

Ohne den Blick von ihr abzuwenden, zog Ryan endlich seine Finger heraus und platzierte seinen Schwanz an ihrem Eingang. „Du bist so verdammt schön, Gaby."

Ihr Herz setzte einen Schlag aus. „Du bist auch nicht so übel."

Ein Lächeln umspielte seine Lippen, ein selbstgefälliges Lächeln, und er beugte sich zu ihr hinab. Kurz bevor er sie küsste, sagte er kühn: „Du gehörst mir."

Die Worte sandten einen Schauer durch sie, aber dann küsste er sie, und sie vergaß alles außer seiner Zunge, die ihre streichelte. Jedes Lecken und Saugen und Wirbeln bestätigte ihr, wie sehr er sie wollte.

Gaby grub ihre Nägel in seinen harten Po und zog ihn näher. Sie wollte – nein, brauchte – ihn in sich, oder sie würde explodieren.

Zentimeter um Zentimeter füllte er sie aus. Sie war dankbar, dass er es nicht überstürzte und ihr erlaubte, sich an ihn zu gewöhnen. Auch wenn es immer noch ein wenig schmerzte, ließ sie es sich nicht anmerken. Auf keinen Fall wollte sie, dass Ryan jetzt aufhörte.

Als er endlich ganz in ihr war, küsste er sie. Ryan ließ sich Zeit und machte zärtlich Liebe mit ihrem Mund. Und als sein Daumen ihre Klitoris streifte, stöhnte sie.

Bald schob sie ihm ihre Hüften entgegen, bereit für mehr. Sie brach den Kuss ab und sagte: „Beweg dich, Ryan. Ich muss dich spüren."

Um ihre Worte zu unterstreichen, rieb sie sich wieder an ihm, bevor sie ihre inneren Muskeln anspannte. Ryan holte scharf Luft. „Verdammt, Gaby, ich werde nicht lange durchhalten, wenn du das weiter machst."

Sie drückte ihn wieder, denn sie spürte, wie er in ihr noch härter wurde. „Dann beweg dich, oder ich *werde* weitermachen."

Mit einem Knurren massierte er weiter ihre Klitoris mit dem Daumen, während er sich zurückzog und langsam vorstieß.

Gaby spürte nur Lust und keinen Schmerz.

Aber sie wollte auch Teil davon sein und bewegte ihre Hüften, um seinen entgegenzukommen, und genoss, dass ihn das noch tiefer in sie trieb.

Ryan setzte die Bewegung seiner Hüften fort, mit jedem Stoß schneller, und Gaby grub ihre Nägel in seinen Po, vorsichtig, um nicht versehentlich eine Kralle auszufahren.

Ihr menschlicher Mann war vieles, aber er würde nicht so schnell heilen wie ein Drachenwandler.

Und sie brauchte ihn in einem Stück, damit er mit ihrem Drachen weitermachen konnte.

Ryan nahm ihre Lippen wieder, fast als bräuchte er mehr von ihr.

Während er weiter stieß, sie küsste und ihre Klitoris streichelte, baute sich der Druck auf, bis sie dem Orgasmus nahe war. So nahe.

Ihre Klitoris pochte, brauchte mehr als nur Streicheln. Und als hätte er ihre Gedanken gelesen, drückte Ryan darauf, und sie stöhnte laut in seinen Mund. Lust strömte durch ihren Körper, versetzte sie in eine Art Euphorie, in der sie sich fast fühlte, als würde sie schweben.

Ryan stieß ein letztes Mal zu und erstarrte, seine Zunge immer noch mit ihrer verschlungen, als er stöhnte. Und Gaby stürzte in einen weiteren Orgasmus.

Schließlich sackte ihr Mensch auf sie und schmiegte seinen Kopf auf ihre Schulter.

Beide atmeten schwer und versuchten, sich zu beruhigen. Ihr erstes Mal mit Ryan war so anders gewesen als das erste Mal ihres Drachen. Sie hatten nicht nur gefickt. Nein, es hatte sich eher wie Liebe machen angefühlt.

Nicht, dass Liebe nicht zur Debatte stand.

Noch nicht.

Obwohl Gaby zum ersten Mal anfing zu denken, das Schicksal könnte vielleicht doch den richtigen Mann für sie ausgewählt haben.

Sie hob eine Hand zu seinem Kopf und fuhr

sanft mit den Fingern durch sein Haar. Dann platzte sie heraus: „Das war gut, Ryan. Wirklich gut."

Sein Blick traf ihren, und seine sexy haselnussbraunen Augen weckten in ihr den Wunsch, ihn gleich wieder zu beanspruchen. „Heißt das, ich habe deine Erwartungen erfüllt?"

Mit sanften Fingern strich sie über seinen Kiefer. Sie mochte die Stoppeln dort. „Und wie."

Ryan nahm ihre andere Hand und verschränkte seine Finger mit ihren. „Ich will dir nicht wieder wehtun, Gaby. Aber ich kann deinen Drachen nicht aufhalten, wenn er wieder rauskommt."

„Ich weiß." Sie drückte seine Hand. „Aber ich denke, es wird jetzt okay sein. Und außerdem, je schneller ich schwanger werde, desto eher können wir vielleicht ein echtes Gespräch führen."

Er lachte. „Also willst du mich für mehr als nur meinen Schwanz, oder?"

Besitzgier durchströmte sie – eine, wie sie sie noch nie gespürt hatte. „Ja."

Er setzte sich ein wenig auf, um ihr Gesicht besser zu sehen, bevor er sagte: „Ich will, dass du hier und jetzt weißt, egal, was in den kommenden Tagen – oder Wochen? – passiert, ich werde da sein, um unser Kind mit dir großzuziehen."

Gaby wollte mehr als nur Pflichtgefühl. Aber sie wusste, es war zu früh, viel zu früh, um etwas anderes von ihm zu erwarten.

Trotzdem konnte sie nicht anders, als ihn zu necken: „Du musst zuerst meine Familie überleben.

Denn wenn du mit ihnen nicht klarkommst, hast du bei unserem Kind keine Chance."

Allein die Worte „unser Kind" auszusprechen ließ ihren Magen auf eine gute Weise Purzelbäume schlagen.

Ryan hob die Brauen. „Glaub mir, wenn ich mit meiner Schwester klarkomme, komme ich mit jedem klar."

Sie schnaubte. „Das magst du denken, aber meine Familie steht sich nahe, wirklich nahe, und es ist nicht ungewöhnlich, dass zehn oder zwanzig Leute zum Abendessen im Haus meiner Eltern sind. Außerdem sind die Santos und die Garcias nicht gerade für ihre Subtilität bekannt."

„Hmm, das ist anders als das, was sie im Fernsehen immer über Drachenwandler sagen, dass sie zurückgezogen und fast wie Einsiedler leben. Je mehr ich erfahre, desto mehr denke ich, dass ihr Menschen sehr ähnlich seid."

Sie tippte auf seine Nase. „Außer der kleinen Tatsache, dass wir uns in Drachen verwandeln können."

Er bewegte sich an ihr empor, bis sein Gesicht nur wenige Zentimeter von ihrem entfernt war. „Ich kann es kaum erwarten, deinen zu sehen, Gaby. Ich bin sicher, du bist auch der hübscheste Drache, obwohl ich nicht weiß, welche Farbe er hat."

„Gold." Das Kompliment rührte Gabys Tier. Es würde nicht lange dauern, bis ihr Drache herauskam und wieder die Kontrolle übernahm, also fügte sie schnell hinzu: „Du versuchst schon, dich bei meinem Drachen einzuschmeicheln. Schlauer Mensch. Aber bevor er wieder herauskommt, sollst du wissen, dass er mein bester Freund ist und normalerweise nie versuchen würde, mir wehzutun. Doch der Rausch stellt Dinge mit unseren inneren Tieren an, die sie nicht kontrollieren können." Sie biss sich auf die Lippe und sagte: „Wenn du einen Weg findest, ihn auch für dich zu gewinnen, könnte das langfristig helfen."

Er streichelte ihre Wange. „Ich werde es versuchen, aber das ADDA gibt nicht gerade Anleitungen heraus, wie man einem Drachen den Hof macht."

„Du bist kreativ. Ich bin sicher, du wirst es herausfinden. Aber zwei kleine Tipps – er liebt Komplimente und schmutzigen Sex. Also, wenn du bei ihm bist, gib dein Schlimmstes. Er wird begeistert sein."

„Nun, dann muss ich wohl wirklich kreativ werden."

Als er sie anlächelte, bewunderte sie, dass er alles so gelassen nahm. Sie glaubte nicht, dass viele menschliche Männer so leicht ihre Drachenhälfte im Paarungsrausch akzeptieren könnten, wie er es getan hatte.

Apropos ihr Tier: Es rührte sich wieder im mentalen Gefängnis. Also zog Gaby Ryan an sich heran, um ihn so lange zu küssen, wie sie konnte, bevor ihr Drache wieder freikam.

Ryan zog sie auf seinen Schoß und neigte ihren

Kopf, um besseren Zugang zu ihrem Mund zu haben. Sie stöhnte und wünschte sich, sie hätte Zeit, noch einmal mit ihm Liebe zu machen.

Doch das Hämmern in ihrem Kopf wurde lauter, bis sie wusste, dass ihr Drache jeden Moment ausbrechen würde. Also brach Gaby den Kuss ab, um zu sagen: „Er kommt, Ryan. Mach dich bereit", bevor ihr Tier die Kontrolle über ihren Geist übernahm und ohne Vorwarnung wieder ihren Menschen besprang. Ein bisschen weniger aggressiv als zuvor, aber nicht viel.

Dennoch schaffte ihr Mensch es, ihr Tier fast genauso gut zu handhaben wie ihre menschliche Seite.

Und das weckte in ihr umso mehr den Wunsch, ihn besser kennenzulernen.

So seltsam es war, das zu denken, sie konnte nicht schnell genug schwanger werden. Nur dann würde sie die Kontrolle zurückerlangen und endlich den Vater ihres Kindes daten können.

Kapitel Fünf

Tage und Tage später – Ryan hatte etwa nach Tag fünf den Überblick verloren – wachte er mit schmerzenden Muskeln und müde auf.

Er liebte Sex so sehr wie jeder Mann, aber ein Sex-Marathon war viel mehr Arbeit, als irgendjemand ahnte.

Es war ein Wunder, dass er sich den Schwanz noch nicht wundgefickt hatte.

Doch dann sah er hinüber, fand Gaby wach und lächelnd, und ihr Lächeln löschte jeden Schmerz in seinem Körper aus. Er rollte sich zu ihr, um ihre Wange zu streicheln und sie zu küssen. „Guten Morgen, denke ich?"

„Ja, es ist noch Morgen, aber nur gerade so."

Sie musterte ihn einen Moment lang, und nur das Lächeln auf ihrem Gesicht hielt ihn davon ab, sich Sorgen zu machen. „Was ist?"

„Nun, ich weiß nicht, wie ich es anders sagen soll, aber es ist passiert. Mein Drache hat es schon vermutet, und der Schwangerschaftstest hat es bestätigt – wir bekommen ein Baby!"

Er blinzelte, als sie seine Hand nahm und sie auf ihren Bauch legte. Ryan starrte auf ihre Hände, sich voll der Tatsache bewusst, dass dies das Ziel gewesen war. Und doch war es immer noch seltsam sich vorzustellen, dass er in etwa neun Monaten Vater sein würde.

Etwas, das er schon lange wollte, wovon er jedoch nie gedacht hätte, dass es passieren würde.

Jubelnd rollte er Gaby auf den Rücken und küsste sie, ließ seine Zunge in ihren Mund gleiten und streichelte ihre langsam, besitzergreifend und ließ sie wissen, dass er all das wollte. Das Baby, sie beide als Eltern, ihn an ihrer Seite.

Nun, vielleicht war der letzte Teil noch nicht geklärt, aber er würde daran arbeiten.

Er ließ sie schließlich beide nach Luft schnappen, und Gaby suchte seine Augen. „Also bist du immer noch glücklich darüber, oder?"

„Glücklich? Das beschreibt nicht einmal ansatzweise, was ich fühle, Gaby. Das wird unser Abenteuer sein, eines, das sehr, sehr lange dauern wird."

Sie schob eine Hand in sein Haar und strich mit den Fingern hindurch. Er wollte sich in ihre Berührung lehnen, wagte es aber nicht, den Blickkontakt mit der Mutter seines Kindes zu unterbrechen.

Der Frau, die er zur Frau nehmen wollte, wenn sie ihn ließ.

Warte, Frau? Ryan erwartete, dass Panik bei dem Wort einsetzte, doch plötzlich spürte er eine tiefe innere Gewissheit. Er hatte das Gefühl, dass, wenn das Schicksal gesagt hatte, sie sei seine Gefährtin, er eine gute Chance mit ihr hätte, besser als je zuvor.

Also war sein Plan nun, seine Drachenfrau zu umwerben und zu heiraten.

Gaby küsste seine Wange und versuchte dann, wegzurollen. Doch Ryan hielt sie fest und fragte: „Müssen wir das Bett wirklich schon verlassen?"

Sie schnaubte. „Nachdem wir etwa zehn Tage nonstop in diesem Bett waren, willst du noch länger bleiben?"

Er fuhr mit dem Finger über ihre Nase, ihre Lippen und ihren Kiefer, als er sagte: „Ich will nur Zeit mit dir verbringen, Gabriela Santos. So sehr ich deinen Drachen zu mögen gelernt habe, will ich ein bisschen Zeit allein mit deiner menschlichen Seite."

„Nun, ich könnte eine oder zwei Stunden warten, bevor ich das ADDA und meinen Clan anrufe." Sie hob die Brauen. „Obwohl, sei gewarnt – ich will jetzt Essen mehr als Sex."

Er lachte. „Dann ist ja gut, dass ich verdammt guten Speck mit Eiern zum Frühstück machen kann. Wenn es das unten überhaupt gibt. Es ist ja nicht so, als hätten wir viel Zeit gehabt, den Kühlschrank zu checken. Ich bin dankbar für die Mahlzeiten, die sie uns geliefert haben."

Ihr Magen knurrte. „Also, ich bin ausgehungert. Es sollte aber mehr als Ketchup und verschimmelter Käse da sein, sonst sinkt meine Laune schnell gegen null. Wenn du was von dem willst, was da ist, solltest du dich besser beeilen!"

Sie rutschte unter ihm hervor, griff nach einem Bademantel und rannte kichernd aus dem Zimmer.

Oh, sie wollte Fangen spielen, oder? Ryan rannte ihr hinterher, schnappte sich seine Boxershorts und zog sie unterwegs an. Er holte sie am Fuß der Treppe ein und zog sie wieder an seine Brust. Während er ihre Wange streichelte, lachte er: „Hab' dich."

Sie kicherte, und der Laut brachte ihn zum Lächeln. Gaby sagte: „Ich habe dich gewinnen lassen."

„Ach, hast du das?"

Sie sah über ihre Schulter, um seinem Blick zu begegnen. „Drachenwandler können schneller rennen als die meisten Menschen, und ich bin nicht irgendeine Drachenwandlerin. Mein Job erfordert jede Menge Training. Du hast keine Chance gegen mich, Mensch."

Er drückte sie fester an seine Brust. „Sobald wir beide ausgeruht sind, müssen wir diese Behauptung vielleicht auf die Probe stellen. Als Programmierer brauche ich vielleicht nicht so viel körperliches Training wie du in deinem Job, aber ich habe die letzten zwei Jahre viel Zeit in meinem Heim-Fitnessstudio verbracht. Ich könnte dich sicher schlagen."

Sie neigte den Kopf und tippte sich ans Kinn.

„Hm, wenn du nett zu mir bist, gebe ich dir vielleicht einen Vorsprung, und dann hast du möglicherweise eine Chance, mich zu besiegen."

Er wirbelte sie herum und legte eine Hand auf ihren Po und die andere in ihren Nacken. „Jederzeit, Gaby. Ich freue mich darauf, dich zu überraschen."

„Du bist nicht der Einzige, der jemanden überraschen kann." Ihre Pupillen blitzten, kurz bevor sie sich aus seinem Griff wand – was seinen Schwanz wieder mehr als bereit machte – und in Richtung Küche rannte.

Lachend lief er ihr nach, in der Hoffnung, mehr als eine Stunde allein mit seiner Drachenfrau zu bekommen. Er wollte mehr, so viel mehr.

Gaby stürmte in die Küche und rannte auf die andere Seite der Insel in der Mitte. Sekunden später kam Ryan herein und steuerte auf sie zu.

Es wäre nicht schwer, ihm so lange auszuweichen, wie sie wollte – sie hatte die Wahrheit gesagt, dass Drachenwandler stärker waren, selbst die weiblichen.

Doch sowohl Frau als auch Tier sehnten sich nach der Antwort auf die Frage *wird er mich jagen oder nicht?*

Ihr Mensch könnte ihr nie in die Lüfte folgen, aber als er um die Kochinsel herumkam und ihre Bewegungen imitierte, war es ihr egal.

Das hier, genau hier, war, was sie immer gewollt hatte. Ein Mann, der im Bett verdammt sexy war, aber draußen spielerisch.

Das Einzige, was noch nicht klar war, war, ob er ihrer Familie und den anderen in PineRock gewachsen war.

Normalerweise würde ihr Drache seinen Senf dazugeben, aber ihr inneres Tier war zu erschöpft, um etwas zu sagen. Der Rausch neigte dazu, Drachen zu ermüden und sie ein paar Tage danach etwas umgänglicher zu machen, hatte ihr Bruder gesagt.

Da sie nicht an ihren Bruder denken und die Realität auch noch nicht eindringen lassen wollte, rannte sie in die entgegengesetzte Richtung, direkt auf Ryan zu. Sie sprang in seine Arme, und er fing sie auf und drückte sie an seinen Körper. Er lachte, als er sagte: „Gibst du auf, solange du noch kannst, Darling?"

Die Arme um seinen Hals geschlungen, erwiderte sie das Lächeln. „Das kannst du dir gern einreden, wenn es deinem Ego hilft. Aber eines Tages wirst du mich in voller Kraft sehen, ich werde gewinnen, und dann werde ich einen Preis von dir einfordern."

„Einen Preis, hm?" Er streichelte ihre Wange. „Bin ich nicht schon Preis genug?"

Sie lehnte sich in seine Berührung. „Du bist ein ziemlich guter Preis, aber Wettbewerb und kleine, freundschaftliche Wetten machen die Sache interessanter."

Er lehnte sich zurück, um in ihre Augen zu blicken. Als sie das Amüsement in seinem Blick sah, wollte sie auf die Theke springen und ihn bitten, sie gleich wieder zu nehmen.

Aber sie widerstand der Versuchung. Sie hatten in den letzten anderthalb Wochen genug Sex gehabt. Für den Moment wollte sie ihn etwas besser kennenlernen, bevor er ihren Clan traf, aber besonders ihre Familie. Alle würden anfangs entweder reden, beobachten oder ihn herausfordern wollen.

Es konnten Tage vergehen, bevor Gaby mehr als ein oder zwei Stunden allein mit ihrem Menschen bekam.

Ryan küsste sie, vertrieb ihre Sorgen um die nahe Zukunft, und stellte sie schließlich wieder auf die Füße. „Apropos Wetten, erinnere ich mich richtig, dass es in Vegas überall ‚Keine Drachenwandler-Glücksspiele erlaubt'-Schilder gibt?"

Sie seufzte. „Du erinnerst dich richtig, die gibt es. Allerdings lässt Reno uns in einige ihrer Casinos. Und das nur, weil die Drachenclans manchmal bei Notfällen in der Stadt helfen, wenn Menschen es nicht allein schaffen."

Er strich das Haar von ihren Wangen. Würde sie je müde werden von seinen warmen, starken Fingern auf ihrer Haut?

Er tat es wieder, und sie entschied, nein.

Ryan grunzte. „Nun, irgendwann werden wir

eines dieser Casinos in Reno besuchen. Denn ich möchte meine Drachenfrau ausführen, bevor unser Baby kommt."

Das Baby. Obwohl sie etwa fünf Minuten lang auf den speziellen Schwangerschaftstest – einen, den Drachenwandler verwendeten, um die Empfängnis früh zu bestätigen – gestarrt hatte, war es für sie immer noch nicht ganz real.

Aber als sie den gutaussehenden, lächelnden Mann über sich anstarrte, wusste sie, solange er an ihrer Seite war, würde alles gut werden.

Nun, solange alles reibungslos lief, sobald sie mit ihm zu ihrem Clan PineRock zurückkehrte. Er war schließlich nur ein Mensch, was ihn zu einem leichten Ziel machte.

Ihr Drache sagte schläfrig: *Wenn jemand versucht, ihm wehzutun, werden wir ihn beschützen.*

Ich weiß, Drache. Ich wünschte nur, wir müssten uns keine Sorgen machen.

Bevor Ryan nach ihren blitzenden Augen und ihrem Drachen fragen konnte, sagte sie: „Ich würde gern mit dir ausgehen, auch wenn ich selbst nicht viel fürs Glücksspiel übrighabe. Aber es gibt Shows und sogar Spiele und andere Sachen in Reno. Ich glaube, Circus Circus ist eines der Casinos, die mich reinlassen, und dort gibt's jede Menge zu tun."

Er lachte. „Was immer Mylady wünscht, werden wir tun. Ich bestehe nur auf eines: Ich will diese kitschigen Casino-Erinnerungsfotos mit dir – und mehr als eines."

„Ich denke, das kriegen wir hin, obwohl du von Handys gehört hast, oder? Und Selfies?"

Er verdrehte die Augen. „Ich bin nicht *so* alt, Gaby."

Als er ihr einen Klaps auf den Po versetzte, lachte sie. „Okay, okay. Aber ich kann keine Versprechen machen, dich später nicht damit aufzuziehen."

Ihr Magen knurrte, was Ryan die Stirn runzeln ließ. „Lass uns dir was zu essen besorgen, Darling. Okay?"

Sie seufzte fast bei seinem herrlichen gedehnten Singsang. <u>Den</u> würde sie nie leid werden.

Er nahm ihre Hand und führte sie zum Kühlschrank.

Ihr Herz erwärmte sich bei der Geste. Selbst nach all dem Sex wollte er sie ständig berühren.

Und ihre besitzergreifende Drachenseite genoss es.

Nach einem Blick in den Kühlschrank stellte Ryan fest: „Wir haben Toast, Eier und Joghurt. Viel mehr ist nicht übrig."

Die ADDA-Leute hatten alle paar Tage Lebensmittel und Mahlzeiten vor der Tür gelassen. Nicht, dass Gaby sich erinnern konnte, was sie während des Rausches gegessen hatte. „Es ist Essen, das ist alles, was zählt."

Obwohl er ihre Hand losließ, deutete er um seine Taille. „Halt dich von hinten an mir fest. So können wir reden, während ich koche."

Es wäre einfacher, einen Stuhl neben den Herd

zu ziehen, aber sie sehnte sich zu sehr nach der Nähe.

Also gehorchte Gaby und folgte ihm zum Herd und der nahegelegenen Arbeitsfläche. Als er das Essen zubereitete, schmiegte sie ihre Wange an seinen Rücken und sagte: „Ich habe nicht viel über deine Schwester gehört, außer dass sie dich dazu gebracht hat, an der Drachenlotterie teilzunehmen. Und da es während des Rausches seltsam gewesen wäre, sie zu erwähnen, erzählst du mir jetzt von ihr?"

Obwohl ihr Kopf an seinem Rücken lag, konnte sie das Lächeln in seiner Stimme hören. „Tiffany ist viel jünger als ich, etwas über zehn Jahre. Sie war eine Überraschung für meine Eltern, aber ich bin froh, dass sie da ist. Ich bin mir nicht sicher, ob ich die letzten zwei Jahre ohne sie überlebt hätte."

Wegen seiner beschissenen Ex-Frau. Gaby wusste zwar nicht viel über sie, aber die Tatsache, dass sie ihn betrogen und Ryans Zwilling geheiratet hatte, reichte aus, um sowohl Frau als auch Tier zu verärgern. „Wie hat sie dir geholfen?"

„Nun, sie hat nie zugelassen, dass ich mich zu lange vor der Welt verstecke, und immer wieder versucht, mich dazu zu bringen, irgendwas, ganz egal was, außerhalb meines Hauses zu tun." Er schaltete eine Herdplatte ein, stellte eine Pfanne darauf und fuhr fort. „Ich habe sogar angefangen, von zu Hause aus zu arbeiten, um jeden zu meiden, und das Ergebnis war nicht schön. Sagen wir einfach, ich bin froh, dass sie nie aufgegeben hat. Wenn sie es getan hätte, wäre ich jetzt nicht hier."

Er berührte einen ihrer Arme um seine Taille, und sie drückte ihn fester. „Ich hoffe, sie kann bald zu Besuch kommen. Ich würde sie gern kennenlernen."

Er schnaubte. „Oh, sie wird kommen. Ich glaube nicht, dass du sie davon abhalten könntest, um ehrlich zu sein. Tiffany ist fasziniert von Drachenwandlern."

Die Regeln waren für die Menschen, die an der Lotterie teilnahmen, anders, da nicht alle Geschwister gleichzeitig teilnehmen mussten, um sich zu qualifizieren. Also fragte sie: „Aber sie hat sich nicht selbst für die Lotterie angemeldet?"

Ryan schüttelte den Kopf. „Nein. Sie wollte zuerst sichergehen, dass es mir gut geht."

Es lag ein Hauch von Schuldgefühlen in seiner Stimme. Gaby ließ ihn los, um sich neben ihn zu stellen. Erst als er ihrem Blick begegnete, sagte sie: „Nun, jetzt geht's dir gut, oder?" Er nickte, und sie fügte hinzu: „Dann kann ich deiner Schwester vielleicht helfen. Zwar kann ich die Lotterie nicht manipulieren, aber sie kann zumindest PineRock besuchen. Ich habe schließlich jede Menge ledige Cousins. Wenn sie an der Lotterie teilnehmen wollte, gehe ich davon aus, dass sie auf Männer steht?" Ryan nickte wieder. „Dann gibt es viele Optionen für sie, da es mehr Drachenwandler-Männer als -Frauen gibt."

Ryan seufzte. „Bitte erzähl ihr nichts von deinen vielen ledigen Cousins, sonst wird sie alles tun, um uns zu besuchen und einen abzuschleppen."

Gaby zuckte mit den Schultern. „Es wäre nicht so schwer, wirklich, da viele Drachenmänner in meinem Clan ihre Gefährtin finden wollen. Nun, vorausgesetzt, es macht ihr nichts aus, dass ihr Partner überfürsorglich ist, natürlich."

„Zwei viel ältere Brüder in ihrer Jugend waren nicht einfach, also bin ich sicher, dass sie klarkommen wird. Nicht, dass ich sie dazu ermutige, wohlgemerkt."

Sie lehnte sich an seinen Arm und beobachtete, wie er die Eier in der Pfanne rührte. Gaby brannte darauf, nach Ryans Zwilling zu fragen, wollte aber den Morgen nicht ruinieren.

Nein, sie würde später fragen, wenn sie mehr Zeit miteinander verbracht hatten.

Sobald die Eier kochten, steckte Ryan Brot in den Toaster und sah sie an. „Im Moment sollte ich mir wahrscheinlich mehr Sorgen um deinen Bruder und diese Schar männlicher Verwandter machen, von denen du gesprochen hast."

Das Wort „Schar" erinnerte sie an ein Kinderlied ... irgendwas mit *und die ganze* Vogelschar, und sie stellte sich Drachen mit gefiederten statt ledrigen Flügeln vor – und musste lachen. „Ich fordere dich hiermit heraus, sie vor Angesicht zu Angesicht als Schar zu bezeichnen."

„Nicht, wenn ich am Leben bleiben will,

Darling. Ich würde es vorziehen, wenn sie sich nicht in Drachen verwandeln und mich aus großer Höhe fallen ließen."

Sie versetzte ihm einen Klaps in die Seite. „Das werden sie nicht. Obwohl sie sicher damit drohen werden, da bin ich mir sicher. Aber Luna und ich sind die einzigen Cousinen in der Familie, und sie würden alles tun, um uns zu beschützen. Und da du mein bist, sollte ihr Schutz bald auch dich einschließen."

Ryan rührte wieder die Rühreier. „Nun, wenn du Tipps hast, wie ich es mir nicht bei ihnen verscherze, wäre jetzt ein guter Zeitpunkt, sie mir zu verraten. Immerhin fahren wir später zu deinem Clan."

Ja, das würden sie. Heute noch. Was würde sie nicht für einen weiteren Tag allein mit Ryan geben!

Wenn das ADDA jedoch herausfände, dass sie die Schwangerschaft geheim gehalten hatte, waren im Vertrag Sanktionen festgelegt.

Mit anderen Worten, das ADDA wollte so schnell wie möglich die Verantwortung für sie loswerden.

Sie sah zu Ryans erwartungsvollem Gesicht auf. „Zeig einfach keine Angst, und ich denke, du wirst gut zurechtkommen. Angst würde dich in ihren Augen unwürdig machen. Und obwohl es mein Leben und meine Entscheidungen sind, werden einige das ignorieren und sich einbilden, dass du ihre Zustimmung brauchst, bevor du mit mir zusammen sein kannst. Die gute Nachricht ist, dass mein Bruder jetzt eine menschliche Gefährtin hat, also wirst du zumindest einen Verbündeten haben."

Es hatte ein wenig wehgetan, die Nachricht von José über seine Paarungszeremonie zu bekommen. Aber sie konnte ihm keinen Vorwurf daraus machen, dass er alles legal und offiziell machen und seiner Gefährtin den besten Schutz nach dem Gesetz geben wollte.

Ihr Drache schniefte. *Wir haben Tori kennengelernt und mögen sie. Das ist alles, was zählt.*

Als das Frühstück fertig war, teilte Ryan die Eier auf, nahm das Brot aus dem Toaster und verteilte den Joghurt in zwei Schalen. Er nahm beide Teller und stellte sie auf die Insel hinter ihnen.

Natürlich stellte er die Teller ganz nah beieinander ab.

Als sie die Brauen hob, sagte er: „Ich dachte, du könntest auf meinem Schoß sitzen."

Sie schnaubte. „Klar, weil das nicht zu anderen Dingen führen wird."

Er legte seine Hand aufs Herz. „Ich verspreche, du behältst deinen Bademantel an."

Sie schüttelte den Kopf. Aber nachdem er sich gesetzt hatte, kletterte sie auf seinen Schoß und lehnte sich an seine Brust. „Ich lasse mich allerdings nicht füttern. Und das ist nicht verhandelbar."

„Ach, und ich dachte, ich könnte ‚versehentlich' deinen Mund verfehlen und Joghurt auf deine

Lippen schmieren. Den ich dann natürlich ablecken müsste."

Sie stieß mit dem Ellbogen in seine Brust, lachte aber dabei. „Bist du sicher, dass du nicht teilweise Drachenwandler bist?"

„Da ich mich nicht verwandeln kann, ja, bin ich. Nur ein Mann, der so nah wie möglich bei seiner Frau sein will."

Vielleicht sollte ihr das gegen den Strich gehen – wär es wahrscheinlich bei jedem anderen –, aber sie mochte es, „seine Frau" zu sein.

Also tauchte sie einen Finger in den Joghurt und tupfte ihn auf seine Lippen. „Nun, sieh mal einer an. Ich schätze, ich muss jetzt meinen Mann sauber machen, oder?"

Er schmunzelte, senkte seinen Kopf, berührte ihre Lippen aber nicht ganz. Gaby leckte einmal, zweimal, dreimal, bis der Joghurt weg war.

Aber um ihn zu necken, blieb sie, wo sie war, und kam nicht näher.

Ryan knurrte. „Frau, du machst mich verrückt."

„Das ist der Plan."

Mit einem weiteren Knurren küsste er sie und zog sie fester an seinen Körper. Gaby öffnete sofort ihre Lippen, liebte seine starke Zunge an ihrer, seinen Geschmack, der sich mit ihrem eigenen vermischte.

Allzu bald löste er sich von ihr. „Iss, Darling. Du brauchst jetzt mehr Essen als Küsse."

Als ob er sich mit ihm verschworen hätte, knurrte ihr Magen.

Mit einem Seufzer nahm sie ihren Teller und die Gabel. „Früher mochte ich essen. Aber jetzt nervt es mich, weil es Zeit von unserem glücklichen kleinen Kokon stiehlt."

„Ich will, dass dieser glückliche Kokon lange, lange anhält, Gaby. Nach Möglichkeit für immer. Also genieß' dein Essen – und denk daran, dass ich genau das jeden Tag mit dir haben möchte, ganz egal, wo wir sind." Sie hielt mit der Gabel auf halbem Weg zum Mund inne, als ihr Herz einen Schlag aussetzte.

Gaby wollte das auch. Und wenn er so weitermachte, würde sie in wenigen Wochen, wenn nicht Tagen, in ihn verliebt sein.

Noch nicht, Gaby. Da er ein Mensch war, musste er nach Bestätigung ihrer Schwangerschaft nicht in PineRock leben. Er konnte jederzeit gehen.

Und so musste sie dafür sorgen, dass er bleiben und für immer bei ihr sein wollte, bevor von Liebe oder Gefühlen die Rede war.

Also aß sie ihr Frühstück, sprach mit ihrem Menschen über alles und nichts und hoffte, ihr Clan würde den Mann so leicht in ihre Mitte aufnehmen, wie er sich in ihr Herz geschlichen hatte.

Kapitel Sechs

Später am selben Tag saß Ryan in einem SUV, den Arm um Gabys Schultern gelegt. Er hatte den Überblick verloren, wie lange sie an Bergen, Kiefernwäldern und verschiedenen Gewässern vorbeigefahren waren. Doch dann erblickte er endlich ein riesiges Metalltor, das eine Art Tunnel vor ihnen versperrte.

Gaby erklärte: „Das ist der Eingang nach PineRock."

Das Tor öffnete sich. Als sie durch den Tunnel fuhren, schmiegte sich Gaby fester an seine Seite, und er drückte sie an sich. Er würde ihren Kokon und das Alleinsein vermissen.

Doch sobald sie aus dem Tunnel kamen, schoss ein riesiger schwarzer Drache in den Himmel. Er starrte, als er sah, wie ihm ein anderer, violetter Drache folgte, der bereits über ihnen in der Luft schwebte. Er hatte noch nie Drachen so nah gesehen.

„Verdammt, die sind groß", flüsterte er.

Gaby lachte. „Das sind zwei Weibchen. Männchen sind noch größer."

Er runzelte die Stirn, als die beiden Drachen davonflogen. „Toll. Also muss ich mich damit auseinandersetzen und das mal wie viele Männer in deiner Familie?"

„Nur dreizehn erwachsene Männer. Ich habe einen Cousin zweiten Grades, der noch zu jung ist, also eine Sorge weniger."

„Gaby", knurrte er.

Sie lachte. „Ach, komm schon, das macht Spaß." Ihr Ausdruck wurde ernst. „Ich kann dich aufziehen. Aber wenn meine Familie das tut, werden sie mit mir zu tun bekommen."

Er spielte mit einer Strähne ihres Haares. „Ich hoffe, du lässt mich zuerst versuchen, mit ihnen klarzukommen."

Ashley, die ADDA-Mitarbeiterin, die das Auto fuhr, schnaubte. „Viel Glück dabei. Es hat mich etwa drei Jahre in diesem Job gekostet, bevor ich mit ihnen umgehen konnte, ohne dauernd zusammenzuzucken."

Gaby knurrte: „Sie sind gerade nicht sonderlich hilfreich, Ashley."

Die Frau antwortete: „Hey, es ist die Wahrheit, und ich finde, das hilft am meisten, wenn es um Menschen und Drachenwandler geht. Und da ich zusätzlich zu Ihrer neuen Schwägerin, Tori, auch auf Ryan aufpassen darf, müssen Sie sich mit mir und meinen Methoden abfinden, Gaby."

Ryan schaltete sich ein. „Es wird schon gehen. Und Ehrlichkeit ist immer die beste Strategie, auch wenn es schlechte Neuigkeiten sind." Er streichelte Gabys Wange, bis sie ihn wieder ansah. „Gib mir einfach eine Chance mit deinen Verwandten, bevor du zu meiner Verteidigung springst, okay? Du hast erwähnt, dass sie Stärke mögen, und ich will ihnen zeigen, dass ich die besitze, besonders über das rein Physische hinaus."

Gaby seufzte. „Weißt du was? Mir fällt gerade auf, dass ich wie all meine überfürsorglichen Cousins klinge, und das will ich wirklich nicht. Also, ja, nur zu, versuch's. Aber ich werde immer hinter dir stehen, Ryan. Hab keine Angst, um meine Hilfe zu bitten. Sie können sich schließlich in riesige Drachen verwandeln."

Er klopfte leicht auf ihre Hüfte. „Ich werde das im Hinterkopf behalten, kleine Füchsin."

Sie kicherte, und Ryans Herz setzte einen Schlag lang aus. Ja, für diese Frau würde er sich einer Armee von Drachen stellen und einen Weg finden, auf der anderen Seite heil herauszukommen.

Ashley hielt vor einem unscheinbaren, mehrstöckigen Gebäude an und schaltete den Motor aus. Sie drehte sich auf ihrem Sitz um und blickte zwischen ihnen hin und her. „Ich habe gewartet, bis wir hier sind, damit Sie nicht nervös werden. Aber während

Sie weg waren, hat jemand Josés und Toris Block-
hütte angegriffen."

Gabys Bruder und seine Frau – nein, Gefährtin.

Gaby beugte sich vor, und Ryan tat es auch, als
seine Drachenfrau sagte: „Sagen Sie mir, dass es
ihnen gut geht, und dem Baby auch."

Ashley winkte ab. „Beiden geht's gut, auch wenn
sie ein bisschen erschüttert sind. Der Grund, warum
ich es jetzt erwähne, anstatt es Ihnen von Ihrem
Clanführer erzählen zu lassen, ist, dass Sie von dem
Moment an, in dem Sie aus diesem Auto steigen, auf
der Hut sein müssen. Auch wenn Wes die Verant-
wortlichen verbannt hat, glaubt er, dass es mehr
Clanmitglieder gibt, die nur vorgeben, Menschen auf
PineRock zu akzeptieren. Und wenn er sie nicht
rechtzeitig findet, könnten sie versuchen, Tori erneut
anzugreifen, oder sogar Ryan."

Ryan drückte sanft Gabys Schulter. „Ich hoffe,
der Clanführer hält uns über die mögliche Gefahr
auf dem Laufenden. Außerdem sollte er mir sagen,
wie ich mich verteidigen kann, falls sie angreifen."

Ashley nickte. „Wes und seine oberste Beschützerin, Cris, werden Ihnen eine Einführung geben.
Aber da niemand anderes hört, was in diesem Auto
gesagt wird: Das ADDA hat angesichts der jüngsten
Ereignisse Vorsichtsmaßnahmen getroffen. Ich
möchte aber hinzufügen, dass möglicherweise sogar
einer der Beschützer zum Kreis der Verdächtigen
gehören könnte. Vertrauen Sie also Gabys Familie,
Cris, Wes und dem leitenden Arzt, Troy Carter. Alle

anderen müssen wir im Auge behalten und herausfinden, wer Menschen im Clan akzeptiert und wer nicht."

Gaby legte unbewusst eine Hand auf ihren Bauch und murmelte: „Nicht gerade die beste Atmosphäre, um ein Halbdrachenwandler-Kind großzuziehen, oder?"

Ryan beugte sich näher an seine Frau und sagte: „Was auch immer getan werden muss, ich werde helfen. Ich werde nicht zulassen, dass meinem Kind oder meiner Frau Schaden zugefügt wird, wenn ich es verhindern kann."

Gaby lächelte ihn schwach an. „Hoffen wir, dass das Schlimmste vorbei ist."

Ashley räusperte sich. „Wahrscheinlich, aber egal, angesichts all der Dinge, die Wes, Cris und das ADDA in die Wege geleitet haben, sollte das schnell geklärt sein." Sie deutete auf das Gebäude. „Jetzt lassen Sie uns gehen. Wenn wir zu spät kommen, wird er mir das ewig vorhalten."

Sobald er und Gaby ausstiegen, zog Ryan sie an seine Seite und rieb sanft ihren Oberarm.

Er hatte gewusst, dass es Herausforderungen geben würde, aber es schien, als würde er ihnen vom ersten Tag an begegnen.

Doch er hatte keine leeren Versprechungen gemacht – er würde alles tun, was nötig war, um sein Kind und hoffentlich seine zukünftige Frau zu schützen. Sicher, als Mensch war er definitiv im Nachteil, aber es musste irgendeinen Weg – oder

Wege – geben, wie er seine baldige Familie schützen konnte.

Und selbst wenn es bedeutete, jeden Tag zu trainieren, bis er vor Erschöpfung zusammenbrach, war es ein kleiner Preis für die Zukunft, die er wollte.

Als Gaby den Flur im Sicherheitsgebäude des Clans entlangging, summte ihr Kopf von allem, was Ashley gesagt hatte, und sie musste sich bemühen, nicht jedem einen argwöhnischen Seitenblick zuzuwerfen.

Sie hatte immer gedacht, PineRock sei ein relativ friedlicher Ort, einer, wo es nicht den extremen Hass und die Vorurteile anderer Drachenclans in den USA gab.

Aber es schien, als hätte selbst ihr geliebtes Zuhause seinen Anteil an faulen Äpfeln.

Ihr Drache meldete sich zu Wort. *Ich vertraue Wes und Cris. Sie werden dafür sorgen, dass wir hier sicher sind, koste es, was es wolle. Bis dahin müssen wir einfach vorsichtig sein.*

Sie warf aus dem Augenwinkel einen Blick auf Ryan. *Ich frage mich, ob das ADDA ihn überhaupt hierbleiben lassen wird. Tori ist legal mit meinem Bruder gepaart, also können sie sie nicht so einfach wegschicken.*

Ihr Tier schwieg, zweifellos, weil es für eine Drachenwandlerin schwierig war, einen menschlichen Mann zum Gefährten zu nehmen. Hauptsächlich wegen dieser altmodischen Vorstellung, dass ein Drachenwandler seine menschliche Gefährtin schützen kann, aber eine Drachenwandlerin dasselbe für ihren menschlichen Mann nicht schaffen würde.

Es spielte irgendwie keine Rolle, dass Gaby in ihrer Feuerwehreinheit mit allen männlichen Drachen mithielt. Sie war immer auf Augenhöhe mit ihnen.

Aber selbst, wenn sie das ADDA überzeugte, dass sie Ryan schützen könnte, ging das Problem tiefer. Immerhin hatte Ryan seine Lotterie-Vertragsanforderung erfüllt – sie war schwanger. Und das ADDA würde wahrscheinlich keinen zusätzlichen Ärger und Papierkram wollen, indem sie den menschlichen Mann bleiben ließen. Besonders, da die Männer der letzten beiden Lotterien nicht auf Dauer bei den Drachenclans hatten leben dürfen. Irgendwas von mangelndem Engagement, von Liebe ganz zu schweigen.

Natürlich konnten sie die Engagement-Begründung bei Ryan nicht verwenden. Und mit genug Zeit würde er sich vielleicht auch in sie verlieben.

In der Zwischenzeit musste Gaby glauben, dass ihre Stärke und seine Taten ausreichen würden, dass er bleiben durfte.

Denn wenn nicht, würde Gabys Herz brechen. Sie waren noch nicht lange zusammen, aber es reichte. Sie hatte Gefühle für den Menschen und war auch schon halb in ihn verliebt.

Ihr Drache knurrte. *Denk nicht so. Sonst sind wir*

90

besiegt, bevor wir überhaupt anfangen. Er gehört uns, und du musst glauben, dass er bleibt.

Ich werde mein Bestes versuchen. Aber ich kann nicht ignorieren, wie die Chancen gegen uns stehen.

Das haben sie von Anfang an, aber das heißt nicht, dass ich einfach aufgebe.

Ich gebe nicht auf, Drache.

Gut.

Sie erreichten das Besprechungszimmer, das für Besucher – nämlich ADDA-Vertreter – genutzt wurde, und Gaby bemühte sich, ihre negativen Gedanken zu verbannen, damit sie ihrem Clanführer mit klarem Kopf gegenübertreten konnte.

Ryan löste seinen Arm nicht von ihren Schultern, als sie eintraten. Sie standen vor einem langen Tisch, an dem drei Personen saßen und sie anstarrten.

Die drei waren Wes Dalton, der Clanführer von PineRock; Cristina Juarez, ihre oberste Beschützerin; und Dr. Troy Carter, ihr leitender Arzt.

Es war Wes, der rothaarige Mann in der Mitte, der schnaubte. „Beruhigen Sie sich, Mensch. Keiner von uns wird sie Ihnen wegnehmen."

Sie spürte, wie Ryans Griff sich ein wenig entspannte. Der Drang, einen Spruch zu machen, war stark, aber sie hielt sich zurück, damit Ryan ihnen gegenübertreten und seinen Standpunkt vertreten konnte.

Ihr Mann antwortete: „Trotzdem möchte ich sie in meiner Nähe haben."

Chris, die Frau mit hellbrauner Haut und dunklem Haar, verdrehte die Augen. „Und zu denken, dass Gaby sich immer über die besitzergreifenden Drachenmänner beschwert hat. Und jetzt hat sie sich einen Menschen gesucht, der keinen Deut anders ist."

Gaby knurrte. „Er ist überhaupt nicht genauso, und er gehört mir. Also sei nett, Cris."

Cris hob die Brauen. „Na, sieh mal einer an, hat der Mann dich schnippisch gemacht, oder sind das schon die Schwangerschaftshormone?"

Der dunkelhäutige Mann mit kurz geschorenem Schopf, Dr. Carter, sah Cris mit gehobenen Brauen an. „Seien wir einfach dankbar, dass du es nicht bist, Cris. Wenn du je schwanger wirst, muss ich einen langen Urlaub nehmen und dich von meinem Assistenzarzt überwachen lassen. Sonst überlebe ich die Tortur vielleicht nicht mit intakten Eiern."

Cris hob die Brauen. „Wer sagt, dass wir warten müssen, bis ich schwanger bin? Ich kann dir jederzeit die Eier abreißen. Sag nur ein Wort."

Gaby biss sich auf die Lippe, um nicht zu kichern. Die drei Drachenwandler, die zusammen am Tisch saßen, waren Freunde und neckten einander endlos. Doch sie war sich nicht sicher, wie das alles auf Ryan wirken würde.

Ashley klatschte in die Hände, bis sie die Aufmerksamkeit aller hatte. „Na, na, Kinder, angesichts all des Mists, der kürzlich hier passiert ist, könnt ihr das Zanken vielleicht auf später verschieben?"

Wes verschränkte die Arme vor der Brust und warf der Menschenfrau einen strengen Blick zu.

Was Ashley kein bisschen beeindruckte.

Wes sprach mit der Dominanz eines Clanführers in der Stimme. „Ich denke, Sie haben zu viel Zeit in PineRock verbracht, Miss Swift, und haben Ihren Platz vergessen."

Ashley hob ihre dunklen Brauen. „Meinen Platz? Hm. Lustig, ich dachte, Sie wären derjenige, der mir einen Gefallen schuldet."

Gaby sah zwischen den beiden hin und her. „Habe ich was verpasst?"

Wes grunzte. „Nein, das ist nur eine ADDA-Sache." Er konzentrierte sich auf Gaby und Ryan. „Was mich zu euch beiden bringt. Ich nehme an, Miss Swift hat euch von dem erzählt, was mit José und Tori passiert ist?"

„Nur vage", antwortete Gaby.

„Dann müsst ihr die Details hören." Wes beugte sich vor. „Zwei Männer haben Steine durch das vordere Fenster von Josés und Toris Hütte geworfen. Wenn Tori im Wohnzimmer gewesen wäre, hätten sie sie getötet."

Gabys Herz setzte einen Schlag aus. „Obwohl sie schon schwanger war?"

Wes nickte.

Heilige Scheiße, das war schlimm, wirklich schlimm.

Ryan fragte: „Auch wenn sie grundsätzlich niemanden umbringen sollten – warum habe ich das Gefühl, dass es noch schlimmer ist, weil sie schwanger ist?"

Gaby antwortete: „Drachenwandler schätzen Kinder, besonders, da wir in der Vergangenheit mehrmals fast ausgestorben sind. Für uns ist das Töten einer Schwangeren eines der schlimmsten Vergehen. Das heißt, wer auch immer es getan hat, muss Menschen wirklich hassen." Sie knurrte, und ihre Pupillen blitzten. „Wer hat versucht, meine Schwägerin zu töten?"

Cris zögerte nicht. „Die Randalls. Und bevor der Mensch fragt, sie sind nach PineRock gekommen, nachdem ein Waldbrand in Kalifornien ihren Clan zerstört hat, was bedeutet, dass sie und ihr Hass Neuzugänge zum Clan PineRock sind. Die gesamte Familie ist jetzt in den Händen des ADDA, während wir gleichzeitig versuchen herauszufinden, ob sie jemanden mit ihrer anti-menschlichen Einstellung beeinflusst haben."

Wes mischte sich ein. „Ich mache mir Sorgen, dass es unter den etwa tausend Clanmitgliedern hier noch andere geben könnte, die darauf warten, jeden Menschen anzugreifen, der nach PineRock kommt." Er fixierte Ryan mit seinem Blick. „Deshalb überlege ich, was ich mit Ihnen machen soll."

Gaby runzelte die Stirn. „Was soll das heißen?"

Wes blickte zwischen ihr und Ryan hin und her.

„Ich bin mir nicht sicher, ob es für ihn sicher ist, hierzubleiben."

Sie öffnete den Mund, um zu protestieren, aber Ryan kam ihr zuvor. „Ich werde tun, was immer nötig ist, um zu bleiben, aber ich verlasse Gaby nicht. Und bevor Sie mir mit Regeln kommen, könnten Sie je eine Frau verlassen, die mit Ihrem Kind schwanger ist?"

Wes seufzte. „Nein. Und ich verstehe, aber ich muss auch Ihre Sicherheit bedenken. Ein toter Mensch wäre katastrophal für den Clan – und für mich."

Ashley räusperte sich, und alle sahen sie an. „Ich glaube, die Entscheidung, ob er bleiben kann oder nicht, liegt letztendlich bei mir, Wes."

Wes knurrte: „Nicht ganz."

Ashley hob die Brauen. „Brauchen Sie eine Lektion über das Protokoll?"

Während die beiden einander anstarrten, spürte Gaby, dass es zu einem langen, ergebnislosen Streit werden könnte.

Also meldete sie sich zu Wort. „Selbst wenn wir strikt nach den Regeln gehen, kann Ryan mich jederzeit für ein paar Tage besuchen, wenn er will, zumindest bis das Baby geboren ist. Dies ist sein erster Besuch, also muss er noch nicht gehen. Und da das ADDA seine Verträge so liebt, willst du wirklich riskieren, ihn zu brechen, Wes?"

Wes nickte. „Vielleicht bin ich dazu bereit."

Ihr Drache wachte auf. *Das gefällt mir nicht.*

Mir auch nicht, aber willst du Ryan nicht hier?

Natürlich will ich das. Aber nicht, wenn es bedeutet, dass er am Ende tot ist.

Da ihr bewusst wurde, dass sie alle über ihn sprachen, ohne *mit* ihm zu sprechen, sah Gaby zu ihrem Menschen auf und fragte: „Was möchtest du, Ryan? Willst du immer noch bleiben, auch wenn das mit deinem Tod enden könnte?"

Er zögerte nicht. „Ja."

Dr. Carter grunzte. „Sie haben gerade ein paar Punkte bei mir gewonnen, Ford."

Ryan zuckte nur mit den Schultern. „Ich habe Gaby versprochen, dass ich so lange wie möglich bei ihr bleibe, und ich nehme Versprechen sehr ernst."

Ihr Herz setzte bei seinen Worten einen Schlag lang aus – er wollte immer noch bleiben. Während sie wollte, dass Ryan sicher war, war sie gierig und wollte ihn in ihrer Nähe haben.

Er war ihr Mensch. Ihrer.

Cris trommelte mit den Fingern auf dem Tisch herum. „Ich sehe nicht, wie ein paar Tage Aufenthalt schaden könnten, solange wir nicht an die große Glocke hängen, dass er länger bleibt. Außerdem, wenn wir versuchen, ihn wegzuschicken, bevor Gabys Familie die Gelegenheit bekommt, ihn kennenzulernen, wird die Hölle losbrechen. Und ich brauche nicht noch mehr Arbeit, wenn ich es vermeiden kann."

Gaby richtete sich bei Cris' Worten ein wenig auf. „Genau. Wenn er inmitten von zwanzig oder mehr meiner Verwandten ist, würde niemand daran denken, uns alle anzugreifen, oder?"

Wes sagte: „Es ist möglich, dass sie es trotzdem tun würden." Sie öffnete den Mund, um zu protestieren, aber er hob eine Hand, und sie schwieg. „Allerdings kann ich Ryan erlauben, eine Woche zu bleiben und dir zu helfen, zurechtzukommen, bevor du wieder zur Arbeit gehst. Aber das bedeutet, dass ihr ständig von Cris' vertrauenswürdigsten Beschützern überwacht werdet. Verstanden?"

Sie spürte, wie Ryans Muskeln sich anspannten. Oops. Sie hatten wirklich nicht über ihre Rückkehr zur Arbeit gesprochen, oder? Nicht, dass sie kopfüber in ein Feuer springen würde oder so. Aber sie konnte bis zum letzten Trimester ihrer Schwangerschaft wandeln, und Gaby hatte vor, ihren Kollegen so lange wie möglich zu helfen.

Sie würde später mit Ryan darüber sprechen. Es könnte sogar ein echter Test sein, wie sehr er ihr vertraute oder ob er den Beschützer raushängen lassen würde.

Hoffentlich nicht so schlimm wie ein Drachenwandler.

Da sie nicht daran denken wollte, räusperte Gaby sich. „Gut, weis' uns ein paar Beschützer zu, wenn du denkst, dass wir sie brauchen."

„Ja, die braucht ihr", stellte Wes fest. „Ihr werdet auch regelmäßige Check-ins mit Cris, Dr. Carter und mir haben. Nicht der angenehmste Start für ein neues Paar, aber ich werde da auch nicht nachgeben."

Ryan nickte. „Wenn es bedeutet, dass ich bleiben kann, stimme ich fast allem zu."

Cris stand auf. „Bevor ich alles koordiniere, müssen Ryan und ich uns unterhalten. Allein."

Gaby wollte gerade sagen, dass sie mitkommen würde, aber Dr. Carter deutete zuerst auf Gaby und sagte: „Während sie das tut, kommst du mit mir in die Praxis, Gaby. Wenn ich dich nicht untersuche und bestätige, dass alles okay ist, werden deine Eltern und dein Bruder mich wahrscheinlich umbringen."

Sie verdrehte die Augen. „Sie würden dir nie wehtun. Deine Schwester ist schließlich mit einem meiner Cousins gepaart."

„Umso mehr Grund, doppelt sicherzugehen, dass es dir gut geht." Der Arzt stand auf. „Gibt es noch irgendwas, wofür du sie jetzt brauchst, Wes? Ich habe in drei Stunden eine kleinere OP auf dem Plan und würde gern Gabys Untersuchung davor einschieben."

Wes stand ebenfalls auf. „Ich sehe keinen Grund, warum wir uns nicht alle wieder an die Arbeit machen können. Allerdings werdet ihr zwei" – er zeigte auf Gaby und Ryan – „morgen um die Mittagszeit privat mit mir sprechen. Es gibt noch andere Dinge, die wir durchgehen müssen."

Begierig, mit Dr. Carter zu gehen, damit sie Ryan

ihrer Familie vorstellen konnte, nickte sie. „Gut, gut, wir werden da sein. Können wir jetzt gehen?"

Wes sah Ryan an. „Viel Glück mit ihr, Mensch."

Sie knurrte, aber Ryan sprach über das Geräusch hinweg. „Dazu ist kein Glück nötig, Mr. Dalton. Ich bin glücklich, sie zu haben, und ich werde Gaby nie als selbstverständlich betrachten."

Und einfach so verblasste ihr Ärger, als sie Ryan anstarrte.

Sie war jetzt ein wenig vernarrt in ihren Mann. Nur ein bisschen.

Cris nickte zustimmend. „Das war die richtige Antwort. Nicht, dass ich dich schon mag, Mensch, aber es war ein guter erster Schritt."

Gaby verdrehte die Augen, aber Dr. Carter berührte ihren Arm und ging zur Tür. „Lass uns gehen, Gaby. Oh, und Ford, wenn Sie Fragen zu Gabys Schwangerschaft haben, dann kommen Sie bei mir vorbei. Je mehr Informationen Sie haben, desto einfacher sollte dieser ganze Prozess sein."

Ryan drückte nur Gabys Schulter. „Danke, Dr. Carter. Das werde ich."

Wes entließ sie. Gaby blieb einen Moment mit Ryan zurück und ignorierte sowohl Dr. Carter als auch Cris, die ein paar Meter entfernt Blicke tauschten. Sie sagte leise: „Ich finde dich, sobald ich in der Praxis fertig bin."

Er streichelte ihre Wange. „Mir geht's gut, Gaby. Mach dir keine Sorgen um mich."

Es war schwer, das nicht zu tun.

Ryan strich sanft mit seinen Lippen über ihre, und sie kämpfte gegen den Drang, ihn leidenschaftlich zu küssen.

Drachenwandler waren normalerweise nicht schüchtern, was das öffentliche Zurschaustellen von Zuneigung anging, aber sie war noch nicht ganz bereit, Cris und Dr. Carter dabei zusehen zu lassen, wenn sie mit ihrem Mann rummachte.

Also brach sie den Kuss ab, berührte seinen Kiefer und drehte sich um, um dem Arzt aus dem Gebäude und in Richtung Zentrum des Clan-Landes zu folgen, wo die Praxis lag.

Nun, es war eher ein kleines Krankenhaus als eine Praxis, aber unter den amerikanischen Drachenclans gab es keinen feststehenden Begriff, mal wurde es Klinik genannt, anderswo Praxis.

Während sie schweigend gingen, dachte Gaby darüber nach, dass sie nur eine Woche Zeit hatte, Wes und die anderen davon zu überzeugen, Ryan bleiben zu lassen. Und nicht nur, weil ihr Drache ihren Menschen in der Nähe haben wollte, denn das wäre nicht Grund genug.

Aber um das zu schaffen, würde sie einen Plan und wahrscheinlich die Hilfe ihrer Großfamilie brauchen.

Als Kind hatte ihre neugierige Familie sie oft genervt – sie hatte nie auch nur einen Moment Frieden gehabt. Doch als Erwachsene liebte und

verließ sich Gaby auf sie. Und wenn sie zusammen-
arbeiteten, konnten sie vielleicht helfen, dafür zu
sorgen, dass ihr Mensch für immer an ihrer Seite
bliebe.

Kapitel Sieben

Ryan überstand seine Meetings mit sowohl der obersten Beschützerin als auch dem Clanarzt.

Letzteres war aufschlussreich gewesen. Der Arzt war die Regeln für weibliche Drachenwandler durchgegangen und wie Gaby ihnen folgen musste, während sich ihre Schwangerschaft entwickelte. Obwohl einige davon lächerlich erschienen – wie im letzten Monat keine emotionalen Filme anzusehen –, hatte er etwas Zeit, sie alle durchzugehen und zu fragen, ob jemand die banalen wirklich befolgte oder nicht.

Doch in diesem Moment ging er Hand in Hand mit seiner Lady auf ein leuchtend gelbes Haus zu, aus dessen Fenstern Musik drang.

Es war Zeit, ihre Familie kennenzulernen.

Gaby drückte seine Hand. „Keine Sorge. Sobald du ihre anfänglichen Fragen hinter dich gebracht hast, wird alles gut. Und wie ich schon gesagt habe, überzeuge meine Mom, und der Rest der Familie kommt automatisch."

Er schüttelte lächelnd den Kopf. „Ich mache mir weniger Sorgen um deine Mutter, sondern um all die männlichen Verwandten, die sich in riesige Drachen verwandeln." Er hielt inne und fügte hinzu: „Obwohl ich wünschte, ich hätte dich zuerst in deiner Drachengestalt gesehen. Immerhin habe ich noch nie einen Drachen aus der Nähe gesehen."

„Glaub mir, mein Tier will so schnell wie möglich für dich posieren und sich ein paar ausgiebige Ohrkrauler verdienen. Aber meine Eltern denken, pünktlich zu sein ist im Grunde zu spät, und wir wollen einen guten ersten Eindruck machen." Sie lächelte ihn wieder an. „Wir nehmen uns morgen Zeit dafür, okay?"

Er brachte ihre verschlungenen Hände hoch und küsste Gabys Handrücken. „Nenn' es ein Date."

Gaby strahlte bei den Worten, und sein Herz setzte einen Schlag aus. Wenn er nur die Macht hätte, bis morgen vorzuspulen und den Abend zu überspringen.

Das wird nicht passieren, dachte er. Ihre Familie war ihr wichtig, und er musste versuchen, sie für sich zu gewinnen.

Sie waren noch etwa drei Meter von der Haustür entfernt, als sie aufschwang und eine große, dunkelhaarige Gestalt erschien, die er zuvor auf Gabys Fotos gesehen hatte – ihr älterer Bruder, José.

José musterte ihn, sein dunkeläugiger Ausdruck unleserlich.

Das Anstarren sollte ihn wahrscheinlich einschüchtern, aber Ryan zuckte nicht mit der Wimper und zögerte nicht. Immerhin war auch er ein älterer Bruder, was bedeutete, dass er es als Test durchschaute und nicht als echte Bedrohung sah.

Vor allem, da Ryan sich lieber die Eier abschneiden würde, als Gaby wehzutun.

José brummte schließlich. „Also das ist er."

Gaby seufzte. „Erinnerst du dich, wie nett ich zu deiner Menschenfrau war, als ich sie das erste Mal getroffen habe? Könntest du nicht wenigstens versuchen, auch zu meinem nett zu sein?"

José winkte in Richtung Ryan. „Wenn er meine Schwester haben will, muss er es sich verdienen."

Gaby knurrte, aber Ryan kam ihr zuvor. „Sollte das nicht Gabys Entscheidung sein und nicht deine?"

Einen Moment lang kniff José die Augen zusammen. Doch dann schnaubte er. „Vielleicht jetzt, als Erwachsene. Aber als Kind hat sie die schlechtesten Entscheidungen getroffen, und ich musste sie ständig retten." Er zuckte mit den Schultern. „Alte Gewohnheiten wird man nur schwer los."

Ryan wollte nach mehr Details fragen, aber Gaby sprach zuerst. „Können wir die peinlichen Kindheitsgeschichten nicht auf später verschieben? Oder vielleicht auf nie?"

José hob die Brauen. „Wenn ich es nicht tue, was

dann? Wirst du meine Ohren mit schrecklicher Musik foltern?"

Ryan spürte, dass das ein Insiderwitz war, und fügte es seiner Liste von Dingen hinzu, nach denen er später fragen wollte.

Die Liste wurde allmählich lang.

Gaby lächelte süß. „Ich überlasse die Ohrfolter unserer Cousine. Ich würde dich lieber eines Morgens überraschen." Sie tippte sich ans Kinn. „Hmm, vielleicht könnte ich die Fassade des Hauses mit Bildern von dir als Baby dekorieren, in diesem knallpinken Drachenmantel, den Mom hatte. Oder vielleicht eines, wo du als Hexenmeister verkleidet bist und deinen Zauberstab über einen Berg Stofftiere schwenkst. Ich bin sicher, der Clan würde über beides schmunzeln."

José schüttelte den Kopf. „Da Tori und ich gerade hier wohnen, glaube ich nicht, dass du Moms Zorn riskieren willst, indem du einen riesigen Auflauf verursachst."

Eine Frauenstimme unterbrach ihn. „Ich bin fast versucht, sie diesmal zu ermutigen, José." Eine ältere Frau, etwas kleiner als José, mit fast schwarzem, von Grau durchzogenem Haar und tiefbraunen Augen, lächelte Ryan an. „Und du musst Ryan Ford sein." Sie deutete auf José und dann auf Gaby. „Ich bin die Mutter dieser beiden Unruhestifter. Bitte, nenn mich Maria, Ryan."

Gaby zog Ryan vorwärts. „Mom, sag José, er soll

heute Abend nett sein. Ich habe mich bei seiner Gefährtin schließlich auch benommen."

Ryan biss sich auf die Lippe, um nicht zu lachen. Gaby war vierundzwanzig und ihr Bruder älter, und doch spielte ihre Mutter immer noch die Friedensstifterin.

Früher war seine Familie auch sehr eng gestrickt gewesen.

Aber nicht mehr.

Da er nicht an all das denken wollte, was schiefgelaufen war, räusperte er sich, und alle Augen richteten sich auf ihn. „Freut mich, dich kennenzulernen, Maria. Rieche ich Gegrilltes? Gaby und ich könnten sicher was zu essen vertragen."

„Warum hast du das nicht gleich gesagt?" Maria schob sich zwischen ihn und Gaby. Dann legte sie eine Hand an die Rücken der beiden. „Ich gebe dir deinen ersten Tipp, Ryan – sorg dafür, dass deine schwangere Gefährtin immer satt ist, oder du wirst eine sehr mürrische Drachenfrau haben. Ich hoffe, du kannst kochen, denn sie kann es nicht."

„Mo-om", protestierte Gaby.

Ryan schmunzelte. „Keine Sorge, sie hat zugegeben, dass ich der bessere Koch bin. Jedoch bei Weitem nicht so gut wie du, nach allem, was ich gehört habe, aber gut genug."

Maria musterte ihn einen Moment lang. „Du bist gut, Mensch, mir so früh Komplimente zu machen." Er zwinkerte Maria zu, und sie lachte, bevor sie hinzufügte: „Komm, und bleib in meiner

Nähe. Ich bin die Einzige, die dich in den Garten zum Abendessen bringen kann, ohne dass jeder dich aufhält. Und glaub mir, alle werden dich ausfragen wollen."

Während die ältere Drachenfrau sie durch einen Flur und ein paar Räume führte – die Brauen herausfordernd hochgezogen, um alle davon abzuhalten, sich auch nur zu nähern – begegnete Ryan über Marias Kopf hinweg Gabys Blick.

Sie formte mit den Lippen: „Gut gemacht."

Das Lob ließ ihn etwas aufrechter gehen. So weit, so gut. Er hoffte, der Rest des Abends würde genauso reibungslos verlaufen.

Auch wenn Gaby Ryans Charme aus erster Hand erlebt hatte, war sie immer noch beeindruckt von der Art, wie er ihre Mutter behandelt hatte.

Ganz zu schweigen davon, dass er sich gegen ihren Bruder behauptet hatte, der ihnen derzeit hinterherging. Vielleicht könnten die beiden eine Bindung aufbauen, da sie beide ältere Brüder waren.

Als ihr auffiel, dass jemand fehlte, fragte Gaby über die Schulter: „Wo ist Tori?"

José runzelte die Stirn. „Sie wollte ein bisschen Zeit allein mit Luna verbringen."

Oh-oh. „Das kann nichts Gutes bedeuten."

José antwortete: „Luna kann Ärger machen, aber sie ist eine der wenigen Freundinnen, die Tori bisher in PineRock gefunden hat. Also werde ich es ihr nicht verweigern."

Sie blinzelte. „Wer bist du, und was hast du mit meinem Bruder gemacht?"

Ihre Mutter meldete sich zu Wort. „Eine Gefährtin zu haben, hat ihm gutgetan, wie den meisten anderen Männern auch."

„Hm, wenn wir also alle Cousins gepaart bekommen, lassen sie mich und Luna dann vielleicht für immer in Ruhe?", fragte Gaby.

Ihre Mutter zuckte mit den Schultern. „Nicht ganz, aber sie würden definitiv ein bisschen zurückstecken. Aber da ihre wahren Gefährtinnen nicht hier in PineRock sind – das hätten sie inzwischen entdeckt –, könnte es eine Weile dauern."

Gaby flüsterte: „Ryan hat eine jüngere Schwester."

„Gaby", zischte Ryan.

„Was? Es würde nicht schaden, wenn sie sie zumindest kennenlernen. Außerdem wird meine Mom Tiffany auch kennenlernen wollen. Und stell dir vor, wenn sie sich mit einem der Jungs paart, könnte sie hier bei uns in PineRock leben!"

Ihre Mutter hob eine Augenbraue. „Irgendwann, ja, das würde ich mir wünschen. Aber nicht, bis wir euch beide eingewöhnt haben, so wie José und Tori."

„Du weißt wahrscheinlich mehr über die Bedrohungen als jeder andere, außer Wes und Cris, oder?"

Ihre Mutter antwortete: „Natürlich tue ich das.

Wenn meine Familie bedroht ist, muss ich vorbereitet sein."

Während sie überlegte, wie sie darauf reagieren sollte, kam ihr Vater zu Hilfe, zog ihre Mutter sanft zwischen ihr und Ryan hervor an seine Seite. Ihr Dad nickte Ryan zu. „Du musst Ryan sein. Ich bin Jorge, Gabys und Josés Vater."

„Freut mich, Sie kennenzulernen, Sir."

Jorge schnaubte. „Nenn mich Jorge und vergiss das Sir." Er deutete mit dem Kopf zu den Glasschiebetüren. „Beeil dich und hol dir draußen was zu essen, solange du die Chance hast. Meine Gefährtin und ich kommen später nach."

Ihre Mutter begann: „Jorge, warte, ich –"

Jorge unterbrach seine Gefährtin. „Gib ihnen Zeit zum Atmen, Maria. Es dürfte schwer genug für sie sein, neu in PineRock zusammen zu sein, aber noch dazu bei uns zu wohnen, macht es sicher anstrengend."

Gaby blinzelte. „Was ist?"

Ihr Vater runzelte die Stirn. „Hat Wes das nicht erwähnt? Zumindest zu Beginn werdet ihr zwei hier bei uns wohnen, zusammen mit José und Tori. Wenn die Menschen an einem Ort sind, wird es das leichter machen, sie zu schützen."

Toll. Nicht nur, dass sie so gut wie keine Gelegenheit haben würde, in ihrem Elternhaus mit ihrem Mann nackt zu sein, sie müsste wahrscheinlich auch mit Josés Neckereien klarkommen. „Haben wir dabei irgendein Mitspracherecht?"

Ihr Vater schüttelte den Kopf. „Ich fürchte, nein. Ich werde meine Kinder oder ihre Gefährten nicht gefährden."

Ryan war an ihrer Seite und streichelte ihren unteren Rücken in sanften Kreisen. Er sagte: „So ungern ich das zugebe, er hat recht, Gaby. Es wird leichter sein, die Gefährtin deines Bruders und mich so zu schützen." Er blickte zu ihren Eltern auf. „Aber das ist nur vorübergehend, oder?"

Maria schnaubte. „Glaub mir, ich würde es vorziehen, wenn meine frisch gepaarten Kinder ihre eigenen Häuser hätten. Irgendein Zimmer zu betreten, wird zu einer gefährlichen Sache, bis das passiert."

Gaby schauderte bei dem Gedanken. „Igitt, Mom, nein. Wenn das je passiert, weiß ich nicht, ob ich dir je wieder unter die Augen treten kann."

Maria sagte: „Für eine Drachenwandlerin bist du extrem prüde."

Gaby schüttelte den Kopf. „Ich denke, jeder Drachenwandler würde genauso über seine Eltern denken, wenn sie ihn beim Akt erwischen, sozusagen. José wird da meiner Meinung sein, frag ihn einfach."

José grunzte zustimmend.

Ihre Mutter lachte. „Ihr lasst euch zu leicht aufziehen. Aber denkt dran, ich war auch mal jung. Und ohne Sex gäbe es euch zwei nicht."

Maria zwinkerte, und José seufzte. „Komm,

Gaby. Ich glaube, ich sehe Tori da hinten mit Luna. Lass uns gehen, bevor Mom und Dad noch einfällt, deinem Menschen irgendeine seltsame Drachen- und-Bienen-Lektion zu geben."

Aus dem Augenwinkel konnte sie sehen, wie Ryan die Lippen zusammenpresste, um nicht zu lachen.

Sie nahm seine Hand und ging zur Tür. „Lass uns gehen, Ryan. Nachdem du Josés Gefährtin getroffen hast, kannst du mir vielleicht helfen, meinen Bruder ein bisschen hochzunehmen, einfach so."

„Nicht, wenn er nicht jemanden verärgern will, der sich in einen Drachen verwandeln kann", stellte José fest.

Sie blickte zum Himmel. Der Himmel rette sie vor Alphamännern!

Ihr Drache kicherte. *Es wird nur schlimmer, je weiter die Monate vergehen und man Josés Gefährtin die Schwangerschaft ansieht.*

Die einzig gute Nachricht ist, dass ich jetzt auch schwanger bin. Also wird José vielleicht ein bisschen netter zu mir sein.

Ihr Drache schnaubte. *Hoffen kannst du ja.*

Ihr Tier rollte sich zu einer Kugel zusammen, schloss die Augen und ließ Gaby in Frieden reden und essen.

Nun, so in Frieden, wie ein Essen mit Luna eben sein konnte. Sie liebte ihre Cousine, aber Luna benahm sich mehr wie eine Schwester und schien es sich immer zur Aufgabe zu machen, sie zur Weißglut zu bringen.

Als sie durch die Glasschiebetür ging, steuerte Gaby direkt auf Tori und Luna zu. Mit ihren Eltern war es leicht. Luna würde etwas mehr Standhaftigkeit von Ryan erfordern.

Nicht, dass sie an ihrem Gefährten zweifelte. Aber es war ein langer Tag gewesen, und er würde nur noch länger werden.

Ryan würde bald Blut spucken, wenn er sich weiter auf die Lippen beißen musste, um nicht zu lachen.

Gaby hatte erwähnt, wie eng gestrickt ihre Familie war, aber davon zu hören und es persönlich zu sehen, waren zwei ganz verschiedene Dinge.

Auch wenn er es vorgezogen hätte, nicht bei ihren Eltern zu wohnen, mochte er sie. Das war ein großer Unterschied zu den Eltern seiner Ex-Frau, die sich nur einmal die Mühe gemacht hatten, ihn zu treffen.

Je länger er darüber nachdachte, desto mehr Warnsignale hatte er ignoriert. Aber er konnte nicht länger wütend werden. All diese Dinge hatten ihn schließlich zu seiner Drachenfrau gebracht.

Gaby winkte einer etwas blassen Frau mit dunklem Haar und Augen zu. Sie stand neben einer anderen Frau in Gabys Alter, die ihr sehr ähnelte, abgesehen von der Form der Augen – dasselbe dunkle Haar, braune Augen und hellbraune Haut.

Die beiden Frauen kamen auf sie zu. Als José neben die blasse Frau trat, vermutete er, dass sie Tori war und die andere Luna sein musste. Tori sprach zuerst. „Du bist zurück, Gaby!" Sie sah Ryan an und lächelte. „Hi."

José knurrte, aber die Frau stieß ihm den Ellbogen in die Seite und murmelte: „Benimm dich."

Ryan räusperte sich. „Freut mich, Sie kennenzulernen, Ma'am."

Die Frau schnaubte. „Ich bin viel zu jung für eine Ma'am. Nenn mich Tori."

Die andere Frau, Luna, musterte ihn langsam von Kopf bis Fuß. „Zumindest hast du einen sexy Typen ausgewählt, Gaby."

„Luna", knurrte Gaby. „Das ist mein Mann, also sieh ihn nicht an wie einen Lollipop, den du lecken willst."

Luna lächelte ihn an, ihre Augen blitzten. „Bist du ganz sicher, dass du bei meiner Cousine bleiben willst? Ich kann dir mehr Abenteuer versprechen, in allen Aspekten unseres Lebens, wenn du verstehst, was ich meine."

José und Gaby murmelten beide: „Heilige Scheiße", aber Ryan wandte den Blick nicht von Luna ab. „Danke für das Angebot, aber Gaby ist meine Drachenfrau. Ich bin sicher, du wirst irgendwann deine eigene andere Hälfte finden."

Gabys Kopf schnellte zu ihm. „Du betrachtest mich schon als deine andere Hälfte?"

Mist, vielleicht hätte er das nicht sagen sollen. Aber er würde es nicht zurücknehmen. Er sah Gaby an. „Ja, das tue ich. Ich weiß, wir kennen uns noch nicht lange, aber ich kann mir nicht vorstellen, in mein einsames Haus zurückzukehren. Ich würde ständig an dich denken."

„Ryan", hauchte Gaby.

Luna machte ein würgendes Geräusch, das den romantischen Moment ruinierte. „Und das ist der Typ, den du willst, Gaby? Du hättest wirklich einen interessanteren und tougheren Mann haben können."

Gaby starrte ihre Cousine an. „Wir hatten nie denselben Geschmack bei Männern, warum sollte ich also deinen Typ wollen? Melde du dich nächstes Mal für die Lotterie an, und vielleicht kannst du dir einen Bad Boy aussuchen, der sich wie ein Arschloch verhält, bis er dich trifft und für seine Frau zum Softie wird. Das ist doch dein Traum, oder?"

„Ich mag eine Herausforderung", bemerkte Luna. „Natürlich wäre es die ultimative Herausforderung, deinen Mann wegzulocken."

Gaby knurrte und wandte den Blick von Luna ab, zurück zu Ryan. „Entschuldige die Manieren meiner Cousine. Ich schwöre, sie lebt, um mein Leben zur Hölle zu machen."

Es war ihm egal, wer zusah, Ryan hob seine freie Hand und legte sie an Gabys Wange. „Willst du irgendwo hingehen, wo es ruhiger ist, um dich zu entspannen?" So konnten sie eine Pause machen und er sie so viel küssen, wie er wollte. Um ihrer Cousine einen Hauch von Schuldgefühlen einzureden, sagte er: „Für das Baby."

Luna fluchte. „Stimmt, du bist jetzt schwanger. Das habe ich irgendwie vergessen. Ich werde versuchen, netter zu sein, aber ich kann's nicht garantieren. Erzähl meinem Dad nicht, was ich gerade gesagt habe, für ihn ist das eine große Sache, schwangere Frauen zu respektieren. Okay?"

Gaby wandte den Blick nicht von seinen Augen ab. „Stell die Playlist zu irgendwas um, das ich mag, und ich vergesse, was gerade passiert ist."

Mit einem Seufzer schlurfte Luna davon.

„Was war das mit der Playlist?", fragte er.

„Das ist eine lange Geschichte", stellte Gaby fest. Sie drehte sich schließlich um und sah ihren Bruder und seine Gefährtin an. „Wer ist noch am Verhungern? Schnappen wir uns was zu essen, und setzen wir uns an den Tisch, dann können wir die Sache mit der Playlist zwischen Luna und mir erklären."

Er senkte seine Stimme zu einem Flüstern. „Bist du sicher, dass es dir gut geht? Es würde mir nichts ausmachen, ein bisschen Zeit allein mit dir zu haben."

José blickte zum Himmel. „Wenn du meine Schwester verführen willst, mach es bitte irgendwo, wo ich euch nicht hören kann."

Verdammt! Er hatte ganz das superempfindliche Gehör der Drachenwandler vergessen.

Tori lachte. „Oh, so schlimm war das jetzt aber auch nicht. Kommt schon. Ihr habt hier zwei schwangere Frauen zu versorgen. Ich bin sicher, dein Drache mag es nicht, dass du uns verhungern lässt."

Ryan erwartete einen Protest, aber José legte nur eine Hand an den Rücken seiner Gefährtin. „Komm. Lass uns was finden, das du bei dir behalten kannst."

Sobald das Paar ein paar Meter entfernt war, küsste Ryan Gaby schnell. „Du auch. Selbst ohne inneren Drachen sagt mir mein Instinkt, dass ich dafür sorgen muss, dich und das Baby sattzubekommen."

Sie hob eine Augenbraue. „Heute Abend werde ich nicht streiten. Aber fang an, dich wie mein Bruder zu verhalten, und du könntest Ärger bekommen."

Er schnaubte. „Verstanden."

Während sie auf das Buffet mit gegrilltem Essen zugingen, lächelte Ryan seine Drachenfrau an. Zuvor hatte er sich Sorgen gemacht, als Mensch bei Drachenwandlern zu bleiben. Und obwohl es noch viele Herausforderungen zu bewältigen gab, mochte er es bisher irgendwie.

Er würde seine Schwester vermissen, aber Tiffany versuchte, einen besseren Job außerhalb von Phoenix zu finden. Sobald sie ging, hätte er ohnehin niemanden, der ihn in Arizona hielt.

Also musste Ryan so hart wie möglich arbeiten,

um sich in Gabys Familie einzufügen und sein neues Leben in PineRock zu gestalten. Denn egal, ob er den wahren Beginn seines neuen Lebens mit Gaby – in ihrem eigenen Zuhause – für Wochen oder sogar Monate verschieben musste, er wollte es mehr als alles andere.

Kapitel Acht

Am nächsten Morgen wachte Gaby in ihrem alten Kinderzimmer auf und kuschelte sich an den warmen Mann unter ihrer Wange.

Obwohl es nicht so gut war, als wenn sie ihr eigenes Zuhause hätten, würde sie immer glücklich sein, neben Ryan aufzuwachen.

Ihr Drache gähnte. *Er muss auch aufstehen, damit ich mich verwandeln und ihm unsere Drachengestalt zeigen kann.*

Ich weiß, dass du ungeduldig bist, aber nach dem Rausch hat er seinen Schlaf verdient.

Ihr Tier grunzte. *Er hat es genauso genossen wie wir, also werde ich mich nicht entschuldigen.*

Ryans Stimme vibrierte in seiner Brust. „Guten Morgen."

Sie blickte auf und lächelte. „Das ist es mit dir hier."

Er lächelte und zog sie hoch, um sie zu küssen. „Ich dachte, ich soll der Charmante sein."

„Nun, es gibt keine Regel, dass ich nicht auch manchmal charmant sein kann."

Er legte besitzergreifend eine Hand auf ihre Hüfte. „Also, was steht heute auf dem Plan? Ich weiß, wir haben ein Treffen mit dem Clanführer, aber der Rest des Tages? Haben wir frei?"

Sie seufzte. „Ich wünschte, es wäre so. Aber Cris hat mir gestern spät eine Nachricht geschickt, und wir müssen sie in etwa einer Stunde treffen."

„Hoffentlich geht das schnell. Ich will heute wirklich ein bisschen Zeit mit dir allein verbringen. Vielleicht könntest du mir sogar deinen Drachen zeigen."

Sie nickte und setzte sich auf. „Ich kann ihn dir direkt vor unserem Termin mit ihr zeigen, wenn wir uns beeilen. Immerhin will Cris sich am Landeplatz in der Nähe des Sicherheitsgebäudes treffen, also gibt's genug Platz für mich, um mich zu verwandeln."

Er suchte ihre Augen. „Ist es dort sicher? Ashley hat erwähnt, dass einer der Beschützer vielleicht keine Menschen hier haben will."

„Es sollte sicher sein. Ich meine, wenn sie versuchen würden, einem von uns zu schaden, würden sie warten, bis wir an einem abgelegeneren Ort sind, ohne Zeugen."

Er hob die Brauen. „Warum überrascht es mich nicht, dass du daran gedacht hast?"

Sie legte eine Hand auf seine Brust und fuhr sanft mit den Fingern hin und her, liebte seine inzwischen vertrauten Muskeln und die Wärme. „Nun, was mein Bruder gestern gesagt hat, dass ich als Kind nicht die besten Entscheidungen getroffen habe, stimmt. Ich habe mich vielleicht als Teenager aus PineRock weggeschlichen und die äußeren Gebiete erkundet. So habe ich Clan SkyTree zum ersten Mal gesehen, wenn auch nur aus der Ferne." Sie seufzte. „Allerdings war es auch das letzte Mal. Ich wurde bei dem einen Mal erwischt, und von da an haben die Beschützer und meine Familie mich ganz genau im Auge behalten, aus Angst, ich könnte mich in Schwierigkeiten bringen, oder Schlimmeres."

Ryan legte eine Hand über ihre auf seiner Brust und drückte sie sanft. „Besuchen die Drachenclans sich nicht untereinander? Es gibt doch einige um Tahoe herum – vier, glaube ich – und es würde deinen Cousins helfen, ihre wahren Gefährten zu finden, wenn sie Leute aus anderen Clans treffen könnten."

Sie zuckte mit einer Schulter. „Das hängt davon ab, was sowohl der Clanführer als auch das ADDA zu jedem gegebenen Zeitpunkt denken. Einige der Tahoe-Clans haben in nicht allzu weit zurückliegender Vergangenheit gegeneinander gekämpft. Ganz zu schweigen davon, dass eine frühe Form des ADDA Drachen willkürlich umgesiedelt hat, manchmal sogar Ausgestoßene und Gefangene aus anderen Ländern gegen Bezahlung aufgenommen und sie im ganzen Land verteilt hat."

Deshalb gab es nirgendwo auf der Welt eine so vielfältige Gemeinschaft von Drachenwandlern wie in den USA; auch, wenn Australien nur knapp dahinter lag. Ryan grunzte. „Nun, sobald wir hier alles geregelt haben, können wir vielleicht deiner Mom vorschlagen, dass deine Cousins Gefährten außerhalb des Clans finden. Mit genug Leuten an Bord lassen das ADDA und Wes vielleicht Drachen aus anderen Clans zu Besuch kommen."

Sie lächelte Ryan an. „Du bist einen Tag hier und versuchst schon, Dinge zu ändern."

„Wenn mein Kind ein Drachenwandler wird, sollte ich jetzt damit anfangen. So, wie manche Leute fürs College sparen, bevor ein Kind überhaupt geboren ist, nur, dass das hier viel wichtiger für die Zukunft unseres Kindes ist."

Mit ihrer freien Hand strich sie über Ryans Kiefer, seine Wange und dann seine Lippen. „Du bist wirklich zu gut, um wahr zu sein, oder?"

Er zog sie herunter und rollte sie unter sich. „Nein, ich bin nur ein durchschnittlicher Mann, der endlich eine Zukunft hat, für die es sich zu kämpfen lohnt."

Sie hörte auf zu atmen. Angesichts der Liebe und des Verlangens in Ryans Augen wünschte sie sich, sie könnte mehr tun, als ihn zu küssen und zu zeigen, wie sehr sie ihn auch wollte.

Aber als sie die alten Porzellanfiguren und staubigen Stofftiere am Rand ihres Sichtfelds bemerkte und sie Gaby daran erinnerten, wo sie waren, begnügte sie sich damit, zu sagen: „Wir werden es zusammen tun." Sie küsste ihn schnell. „Aber zuerst solltest du meinen Drachen sehen. Wenn du bei einem Drachenclan leben willst, musst du die Mischung aus Staunen und Angst überwinden, die unsere Drachengestalt bei Menschen auslöst. Sonst wird es ein riesiger Nachteil für dich, wenn ein Drache versucht, dich anzugreifen."

Nachdem er sie zärtlich geküsst hatte, sagte er: „Als ob ich je Angst vor dir haben könnte, Gaby."

Ihr Tier richtete sich bei diesen Worten auf. *Vielleicht, nur um seine Grenzen zu testen, sollte ich brüllen und ihm ein paar Zähne zeigen.*

Sie lachte, und Ryan zog fragend die Brauen hoch. Gaby erklärte: „Du hast gerade eine Herausforderung an meine Drachenhälfte ausgesprochen. Du wirst schnell lernen, dass das nicht immer die beste Idee ist."

Er küsste sie wieder. „Dann sag deinem Drachen, er soll sich ins Zeug legen."

Sie seufzte glücklich.

Verdammt, sie wollte Ryan tagelang, wochenlang, monatelang ganz für sich.

Aber da sie nicht in ihrem Elternhaus herumschleichen und riskieren wollte, dass jemand sie hörte – nicht alle Wände waren gut schallisoliert –, deutete Gaby auf das angrenzende Badezimmer. „Wir müssen die schnellsten Duschen der

Geschichte nehmen, wenn wir genug Zeit haben wollen, damit ich mich verwandeln und meinen Drachen rauslassen kann."

Er kitzelte ihre Seite, und sie quietschte. „Ich brauche nur ein paar Minuten dafür. Vielleicht sollten wir zusammen duschen. So kann ich dir helfen, den Zeitplan einzuhalten."

„Die Idee gefällt mir."

Damit rannte Gaby ins Badezimmer.

Und obwohl sie sich benahmen, gab es vielleicht den einen oder anderen Kuss. Und definitiv ein bisschen Fummeln.

Sie waren schließlich quasi Frischverheiratete. Doch je früher sie wirklich gepaart sein und sich in ihrem eigenen Haus ungezwungen so verhalten konnten, desto besser.

Ryan war unglücklich darüber, dass er auf Gefahren achten musste, während sie zum Landeplatz in der Nähe des Sicherheitsgebäudes gingen, aber er tat es trotzdem.

Er sah Familien, die mit ihren Kindern spazieren gingen, junge Drachen, die auf ein dreistöckiges Gebäude zugingen, das wahrscheinlich eine Schule war, und ziemlich viele einzelne Drachenwandler, die von einem Ort zum anderen gingen, wahrscheinlich auf dem Weg zur Arbeit.

Es wirkte alles so normal. Zwar hob ab und zu

ein Drache ab oder sprang in die Luft. Aber selbst in seiner kurzen Zeit in PineRock konnte er erkennen, dass Drachenwandler nicht so anders als Menschen waren – sie versuchten einfach, ihr Leben zu leben wie jeder andere.

Wenn nur mehr Menschen das erkennen würden, würden sie vielleicht aufhören, Angst vor ihnen zu haben.

Gaby drückte seine Hand und zog seine Aufmerksamkeit auf sich. Sie zeigte auf ein Gebäude, das wie ein Doppelhaus aussah, mit zwei Häusern, die sich eine Wand teilten. „Da wohne ich. Oder besser, habe ich gewohnt. Jetzt, da ich einen Mann habe und ein Baby bekomme, brauche ich was mit mehr Privatsphäre." Sie senkte ihre Stimme zu einem Flüstern. „Meine Nachbarin ist eine ältere Drachenfrau, die uns wahrscheinlich jeden Morgen Blicke zuwerfen würde, da die Wände papierdünn sind."

Er lachte. „Lass uns das möglichst vermeiden." Er betrachtete die Vorderseite des Doppelhauses, das in einem Sandton gestrichen war, mit ein paar Sträuchern davor. „Trotzdem wünschte ich, wir könnten anhalten und es uns ansehen. Genau wie dein Zimmer zu Hause würde es mir sicher Einblick in Gabriela Santos geben."

Sie schnaubte. „Besser nicht, und nicht nur, weil ich dann keine Zeit hätte, dir meine Drachengestalt zu zeigen. Ich bin nicht die ordentlichste Person der Welt. Und ich war so aufgeregt wegen der ganzen Lotterie-Sache, dass ich das Putzen vergessen habe."

„Dann kannst du es mir später zeigen. Denn ich bin gespannter darauf, deine Drachengestalt zu sehen."

Ihre Pupillen blitzten, und er zuckte nicht mit der Wimper. Ryan war während des Rauschs gut mit ihrem Tier vertraut geworden.

Er hatte jedoch eine Frage, die ihn brennend beschäftigte. Er platzte heraus: „Wird dein Drache mich je in die Luft mitnehmen können?"

Gaby zuckte mit den Schultern. „Ich weiß ehrlich gesagt nicht. Das ADDA hat es vor langer Zeit verboten, und ich glaube, es ist immer noch gegen das Gesetz."

„Hm, vielleicht können sie eine Ausnahme für Menschen machen, die bei einem Drachenclan leben? Ich weiß, Menschen machen sich immer noch Sorgen, dass Drachenwandler herabschießen, sie schnappen, in den Himmel fliegen und sie dann in den Tod stürzen könnten. Es scheint ein Schreckgespenst für jeden zu sein, der in der Nähe eines Drachenclans lebt."

Belustigung tanzte in ihren Augen. „Es ist schwer vorstellbar, dass ich der Stoff von Alpträumen bin."

„Bisher nicht. Aber ich habe deinen inneren Drachen noch nicht unter dem Einfluss von Schwangerschaftshormonen erlebt."

Er zwinkerte, und sie verdrehte die Augen. „So

schlimm wird es nicht. Nun, solange du versuchst, mich nicht zu verärgern." Sie wurde ernst. „Haben deine Eltern diese Drachengeschichten bei dir benutzt?"

Er schüttelte den Kopf. „Es gibt keine Clans in der Nähe von Dallas, wo ich aufgewachsen bin, also nein. Aber als ich vor etwa fünfzehn Jahren nach Phoenix gezogen bin, habe ich die Geschichten ein paarmal gehört."

„Nun, wir werden das Entkräften dieser Geschichten auf die immer länger werdende Liste von Dingen setzen, von denen wir das ADDA überzeugen müssen, sie zu ändern. Wenn wir so weitermachen, wird es mehrere Leben dauern, das alles zu schaffen."

Sie seufzte, und er mochte es nicht, dass Gaby besiegt klang. „Hey, ich bin sicher, wir können die Gefährtin deines Bruders um Hilfe bitten, und vielleicht ein paar andere. Wir werden nicht allein sein."

„Stimmt. Allerdings, lass uns Luna nicht einbeziehen, wenn möglich. Sie würde wahrscheinlich versuchen, jemanden vom ADDA zu verführen, und es dann benutzen, um ihn zu erpressen und zu bekommen, was sie will."

Weil ADDA-Vertreter nicht mit Drachenwandlern verkehren durften. Ryan erinnerte sich, das irgendwo gelesen zu haben. „Ich werde vorerst nicht mit ihr darüber sprechen, aber ich möchte Luna auch kennenlernen. Manchmal verhält sich Familie uns gegenüber anders als gegenüber anderen."

Sie hob die Brauen. „Aber du bist jetzt Familie, Ryan."

„In gewisser Weise. Aber ich bin auch ein Neuankömmling – und ein Mensch. Das könnte sich bei deiner Cousine zu meinem Vorteil auswirken."

„Versuch's, wenn du willst, aber mach dir keine allzu großen Hoffnungen", sagte Gaby.

Er bemühte sich, nicht zu lächeln.

Seine Drachenfrau deutete nach vorn. „Da ist der Landeplatz."

Es war eine von einer Steinmauer umgebene Wiese, etwa so groß wie zwei Footballfelder. Er bemerkte kleine Nischen in der Mauer, wahrscheinlich, damit Drachen ihre Kleidung und andere Habseligkeiten vor dem Verwandeln verstauen konnten.

Gaby hatte ihm erzählt, dass Drachen kein Problem mit Nacktheit hatten, hauptsächlich, weil sie es gewohnt waren, denn alles, was sie beim Verwandeln trugen, würde in Stücke gerissen.

Nicht, dass ihm der Gedanke gefiel, dass irgendein Mann seine Frau nackt sah.

Gaby blieb neben einer Nische stehen und zog ihre Schuhe aus. Er knurrte. „Musst du für alle sichtbar nackt sein?"

Sie knöpfte ihre Jeans auf. „Ich mag diese Jeans." Er grunzte, und sie hielt inne, um wieder seine Hand zu ergreifen. „Keine Sorge, du bist der Einzige, dem ich eine private Show gebe, Ryan. Für alle anderen hier ist es das Äquivalent zu einem anderen Outfit. Nun, meistens. Die Teenager werden irgendwann neugierig und fangen an, ältere Drachen für eine Weile zu beobachten. Aber nach allem, was ich gehört habe, tun Menschen das auch."

Das stimmte, aber es gefiel ihm trotzdem nicht. Vielleicht war er doch mehr wie ein besitzergreifender Drachenwandler, als er gedacht hatte. „Es wird nur ein bisschen Zeit brauchen, mich daran zu gewöhnen, das ist alles. Obwohl das erklärt, warum du keine Bräunungslinien hast."

Sie lächelte langsam. „Manchmal, während einer Pause bei meinem Job, verwandle ich mich zurück in einen Menschen und lege mich in die Sonne. Ein weiterer Bonus, ein Drachenwandler zu sein – wir bekommen keinen Krebs, nicht einmal Hautkrebs."

Er dachte an seine Tante in seiner Kindheit, die immer alle mit Sonnencreme eingeschmiert hatte, um sie vor der sengenden Sonne von Texas zu schützen, und seufzte. „Das wäre schön."

„Ah, verbrennst du oder wirst du braun? Du bist nicht superblass, aber nicht gerade braun."

„Ich werde braun. Aber mit meiner Arbeit und meinem Heim-Fitnessstudio war ich in letzter Zeit nicht viel draußen, selbst wenn es unter 40 Grad war. Sommer in Arizona sind nicht die besten zum Spazierengehen, geschweige denn zum Wandern oder Laufen, es sei denn, du magst es, vor der Morgendämmerung aufzustehen."

Sie beugte sich vor und küsste seine Wange.

„Blass oder nicht, du bist immer noch der sexyste Mann für mich."

Bei diesen Worten, kombiniert mit der Hitze ihrer Lippen und ihrem köstlichen Duft nach Frau und Vanille, schoss Blut nach Süden.

Er war dankbar, dass er sich jetzt nicht vor allen ausziehen musste.

Gaby senkte den Blick und schnaubte. „Ja, das braucht auch bei den Männern etwas Training."

Er versetzte ihr einen Klaps auf den Po, und sie kicherte, bevor sie den Rest ihrer Kleidung auszog und in eine Nische legte.

Mit demonstrativ wiegenden Hüften ging sie zur Mitte der Wiese – und Ryan kämpfte damit, seinen Schwanz zu beherrschen.

Verdammt, was würde er nicht geben, um für eine Weile ihr Zimmer mit etwas Privatsphäre zu haben. Hatten Drachenwandler Hotels? Er hatte keine Ahnung.

Gaby drehte sich zu ihm um und rief: „Komm her, sobald ich mich verwandelt habe, Ryan!"

Er nickte und wartete. Ein paar Sekunden später glühte Gabys Körper, bevor ihre Nase sich zu einer Schnauze verlängerte, Flügel aus ihrem Rücken wuchsen, und ihre Arme und Beine sich in die eines Drachen verwandelten. Innerhalb von Sekunden stand Gaby in ihrer Drachengestalt vor ihm, und die Sonne glitzerte auf ihren goldenen Schuppen.

Obwohl sie in ihrer Drachengestalt groß war – zumindest für ihn –, war sie nicht beängstigend, sondern wunderschön. Die schimmernden Schuppen, ihre geschlitzten Pupillen und sogar die Spitzen ihrer Ohren waren wie ein Kunstwerk.

Sie neigte fragend den Kopf, und das riss Ryan aus seiner Trance. Er rannte hinüber, prägte sich ihre Züge ein, bis er direkt vor ihr stand. „Du bist wirklich wunderschön."

Sie stieß ihre Schnauze gegen seinen Bauch, aber offensichtlich nicht mit voller Kraft, da er bei der Berührung kaum zurückweichen musste.

Er hob zögerlich die Hand, um ihre Schnauze zu berühren, und erkundete die glatte Haut unter seinen Fingern. Die Schuppen waren nicht kalt, aber auch nicht wirklich warm. Sie fühlten sich sehr wie hartes Leder an. „Ich wette, die werden schön warm, wenn du eine Weile in der Sonne gelegen hast."

Sie schnaubte, wahrscheinlich das Drachenäquivalent eines Lachens.

Er beschloss, sie weiter zu necken, ohne mit dem Wandern seiner Hände aufzuhören. „Wenn es kalt wird, könntet ihr ein paar Wärmelampen aufstellen, ein paar Drachen aufwärmen und sie dann in einen großen Raum stellen, um alle aufzuwärmen."

Gabys Drache stieß ihn mit ihrem Schwanz in den Rücken. „Was? Es gibt so viele Möglichkeiten, und ihr könntet wahrscheinlich ein Vermögen mit Touristen machen, wenn ihr wolltet. ,Spüren Sie das innere Feuer eines Drachen heute!' Oder sowas in der Art."

Der Schwanz legte sich um seine Mitte und hob

ihn, bevor sie ihn damit kopfüber drehte. Gabys Tier brachte ihn nahe an eines ihrer großen, braunen Augen – dieselbe Farbe wie in ihrer menschlichen Gestalt, nur, dass die Pupillen dauerhaft geschlitzt waren. Die Oberfläche spiegelte sowohl ihn als auch das Gebäude dahinter wider.

Vielleicht würden manche die große, geschlitzte Iris furchteinflößend finden, aber er hatte die Augen ihres Drachen während des Rauschs so oft gesehen, dass es seltsam wäre, nie wieder geschlitzte Pupillen bei seiner Frau zu sehen. „Wenn du versuchst, mich mit Starren zu beeindrucken, das macht mir keine Angst, Gaby."

Eine Frauenstimme hinter ihm sagte: „Vielleicht nicht bei ihr, aber bei jedem anderen sollte es das verdammt nochmal."

Gaby setzte ihn auf seine Füße, und als er sich umdrehte, entdeckte er Cris. Bevor er fragen konnte, was sie meinte, fuhr die oberste Beschützerin fort: „Und bleib in deiner Drachengestalt, Gaby. Heute geht es darum, deinen Menschen zu trainieren, sich gegen einen Drachenwandler in seiner Drachengestalt zu verteidigen."

Ryan runzelte die Stirn. „Ist das überhaupt möglich?"

Cris verschränkte die Arme vor der Brust. „Ja. Und du wirst es immer wieder üben, bis es dir in Fleisch und Blut übergeht."

Er blickte zu Gabys Drachen. „Ich werde Gaby nicht wehtun, egal, was du sagst."

Cris grunzte. „Niemand wird verletzt. Aber wenn du das mit Gaby nicht ernst nimmst, muss ich einen anderen Drachen für dich zum Üben holen. Hm, vielleicht Wes?"

Gaby versetzte ihm einen Stoß in den Rücken, und er blickte wieder zu ihr. Sie schüttelte den Kopf und tippte auf ihre Brust.

Seine Drachenfrau wollte, dass er mit ihr übte.

Er berührte ihre Schnauze. „Bist du sicher?" Sie nickte. „In Ordnung, aber du benutzt es besser später nicht gegen mich, um einen Streit zu gewinnen."

Der Drache zuckte mit den Schultern, und er schnaubte. Nichts schien tabu zu sein, wie es aussah.

Trotzdem, wenn er in der Lage sein wollte, zu kämpfen und zu helfen, seine zukünftige Frau und sein Kind zu schützen, hatte er einiges zu lernen. Sich gegen einen Drachenwandler zu verteidigen, war nur der erste Schritt.

Er drehte sich zurück zu Cris. „Okay, ich werde tun, was du sagst, und mich nicht zurückhalten."

„Gut. Du wirst nach einem Mal nicht fertig sein, bei Weitem nicht. Aber Wes oder ich werden jeden Tag mit dir arbeiten, bis wir denken, dass du bereit bist. Erst, wenn du von mir grünes Licht bekommst, kannst du dich offiziell mit Gaby paaren. Nun, vorausgesetzt, Wes und das ADDA können eine Einigung erzielen, da es ungewöhnlich ist, dass Drachenwandlerinnen sich mit menschlichen Männern paaren."

Er würde niemandem einen Grund geben, ihn

aus PineRock wegzuschicken. Nein, er würde alles tun, was nötig war, um bei seiner Drachenfrau zu bleiben.

Eine Hand auf Gabys Schnauze, fragte er: „Also, was machen wir zuerst?"

Während Cris ihn in Position brachte und mit dem Unterricht begann, dauerte es nicht lange, bis Ryan immer wieder auf seinem Allerwertesten landete.

Aber mit jeder kleinen Verbesserung wuchs sein Selbstvertrauen. Er war entschlossen, alles zu lernen, was Cris ihm beibringen konnte, für sich selbst und die Frau, die er liebte. Für die Zukunft, von der er träumte.

Kapitel Neun

Zwei Wochen später stand Ryan Gaby auf dem Hauptlandeplatz von PineRock gegenüber. Er suchte ihren Blick, während er ihre Wange berührte. „Ich wünschte, du müsstest nicht zur Arbeit zurück. Nicht wegen deines Jobs, sondern weil ich dich vermissen werde."

Sie lächelte ihn an. „Ich werde dich auch vermissen. Aber wie ich dir versprochen habe, werde ich mich nicht bei der ersten Gelegenheit in ein Feuer stürzen, nur um zu beweisen, dass ich auch schwanger etwas leisten kann."

„Ich muss etwas nicht mögen, um dich trotzdem zu unterstützen. Außerdem hat dein Bruder schon mit deinen Vorgesetzten gesprochen und sie dazu gebracht, zu versprechen, dass sie auf dich aufpassen werden."

Sie schüttelte den Kopf. „Erinnere mich nicht

daran. Wenn du das getan hättest, würden wir jetzt vielleicht nicht reden."

Er kicherte. „So weit würde ich nicht gehen. Obwohl ich lügen würde, wenn ich behauptete, dass es mir nicht ein bisschen Seelenfrieden bringt."

Gaby seufzte. „Männer – es spielt keine Rolle, ob ihr Menschen oder Drachenwandler seid, ihr benehmt euch bei euren Frauen immer gleich."

Er zog sie an seinen Körper und streichelte ihre Wange. „Komm einfach sicher und gesund zu mir zurück, Gaby. Das ist alles, was ich will."

Sie schlang die Arme um seinen Hals. „Ich werde mein Bestes tun und auf mich aufpassen. Aber du musst auch auf dich aufpassen, Ryan. Wes und Cris machen sich immer noch Sorgen über Bedrohungen und Verräter im Clan, die dich vielleicht töten wollen."

Die Theorie war, dass, wenn jemand Ryan schaden wollte, der perfekte Zeitpunkt dazu wäre, wenn Gaby wieder zur Arbeit ging.

Er deutete auf die zwei Beschützer, die abseitsstanden. „Darum habe ich sie." Und den speziellen Drachen-Taser und den Notrufknopf in seiner Tasche. Aber er würde dieses Geheimnis nicht laut aussprechen, nur für den Fall, dass jemand zuhörte. „Aber wenn du jetzt nicht gehst, kommst du zu spät." Er küsste sie sanft. „Ruf mich in der Mittagspause an, wenn du kannst."

„Das werde ich, damit ich hören kann, wie es bei dir läuft."

Er lächelte. „Ich denke, das wollen wir beide."

Sie lächelte, und sein Herz setzte einen Schlag aus. Ryan wollte Gaby sagen, dass er sie liebte. Aber wenn er das jetzt tat, würde sie es wahrscheinlich auf ihre Rückkehr zur Arbeit schieben.

Doch er würde es ihr bald sagen. Wes hatte ihm bisher zwei Wochen Aufenthalt erlaubt, aber das konnte sich jederzeit ändern.

Sie presste ihren Mund wieder auf seinen, und er öffnete die Lippen und begrüßte ihre Zunge. Etwas in ihm riss, und er liebkoste, leckte und beanspruchte ihren Mund. Egal, wie oft er sie küsste, er würde nie genug bekommen.

Als sie sich schließlich löste, atmeten beide schwer. Sie murmelte: „Ich muss wirklich gehen."

Tief durchatmend trat er zurück. „Dann geh. Je eher du gehst, desto schneller kommst du zu mir nach Hause."

Wenn Gabys Cousine Luna da gewesen wäre, hätte sie dieses würgende Geräusch gemacht. Aber Gaby strahlte ihn an, und ihre Reaktion war die einzige, die zählte.

Er sah zu, wie sie sich methodisch auszog, zur Mitte der Wiese ging und sich langsam in ihre goldene Drachengestalt verwandelte. Sie starrte ihn ein paar Herzschläge lang an, bevor sie sich anspannte und gen Himmel abhob.

Obwohl er die gleiche Bewegung jetzt ein Dutzendmal gesehen hatte – er musste nur fragen, und Gabys Drache liebte es, herauszukommen –, raubten ihm die schiere Kraft und Schönheit ihres Drachen immer noch jedes Mal den Atem.

Als sie schließlich außer Sicht war, ging Ryan zu seinen zwei Wachen. Einer der Beschützer, Andrew Carter, war ihm gleich am ersten Tag zugeteilt worden. Er war Mitte zwanzig, mit schwarzem, lockigem Haar und dunkler Haut. Er war Dr. Carters jüngerer Bruder. Der blasse, braunhaarige Mann mit blauen Augen war jedoch neu für Ryan.

Trotz der Tatsache, dass es keinen Grund gab, etwas zu vermuten, widerstand Ryan kaum dem Drang, nach dem speziellen Taser in seiner Tasche zu greifen.

Er blieb direkt vor den zwei Drachenmännern stehen und sagte: „So aufregend es auch ist, ich muss nur zurück zum Haus der Santos', um ein bisschen zu arbeiten."

Andrew nickte und deutete auf das Sicherheitsgebäude. „Das ist in Ordnung. Aber zuerst muss ich dich meiner Ablösung übergeben. Meine Schwester wird bald entbinden, und Cris hat mir erlaubt, sie zu besuchen."

Der unbekannte Mann stand etwas aufrechter und lächelte fast. Ryans Bauchgefühl gefiel das nicht. Vor allem, da der Drachenmann jedes Mal, wenn er ihm nahekam, ein paar Zentimeter zurückwich.

Hör auf, überall Ärger zu vermuten. Soweit Ryan wusste, könnte dies der erste richtige Auftrag des Mannes sein.

Ryan antwortete: „Okay, ich sollte sowieso bei Cris vorbeischauen."

Andrew sagte: „Gut, dann lass uns gehen."

Sie bewegten sich im üblichen Muster, er in der Mitte, mit einem Beschützer vor und einem hinter sich.

Unterwegs konnte Ryan das Gefühl nicht abschütteln, dass heute etwas passieren würde. Etwas, das gar nicht gut wäre.

Auf jeden Fall war es, jetzt, wo Gaby weg war, Zeit zu beweisen, dass er auf dem Land eines Drachenclans leben und sich behaupten konnte.

Später stand Ryan im Empfangsbereich des Sicherheitsgebäudes und bemühte sich, nicht mit dem Fuß zu tippen oder Ungeduld zu zeigen. Cris war eine vielbeschäftigte Frau, das wusste er. Und doch war sie eine der wenigen Leute, denen er hier in PineRock vertraute.

Und er musste mit ihr über seine neue Wache, Leon, sprechen. Er hatte ein schlechtes Gefühl bei dem blauäugigen Beschützer und wollte es Cris sagen.

Doch als Cris' Stellvertreter stirnrunzelnd zurückkehrte, wusste Ryan, dass die Drachenfrau nicht im Gebäude war. Der Beschützer blieb neben ihm stehen und sagte: „Sie ist nicht hier. Irgendwas mit einem Teenager, der in einer Höhle festsitzt und den sie retten musste. Ich kann nachsehen, ob Wes Zeit hat, wenn Sie möchten."

Wes war an den meisten Tagen noch beschäftigter als Cris.

Er dachte an sein Training und die geheimen Waffen in seinen Taschen und schüttelte den Kopf. „Nein, ist schon gut. Aber ich werde im Haus von Gabys Eltern sein. Können Sie Cris bitten, mich anzurufen oder vorbeizukommen, wenn sie Zeit hat?"

„Mache ich, und rufen Sie mich ruhig an, wenn Sie mich brauchen, Ryan."

Als der Stellvertreter wegging, atmete Ryan tief durch.

Du schaffst das. Immerhin war der Weg zum Haus von Gabys Eltern kurz. Zwei von Gabys Onkeln würden dort sein, zusammen mit einigen ihrer Kinder. Wenn etwas passierte, würden die Onkel ihn beschützen.

Ryan näherte sich Leon, der bei einem weiteren neuen Gesicht wartete, das er noch nie getroffen hatte – ein Mann mit dunklem Haar, heller, gebräunter Haut und braunen Augen. Sie hörten auf zu reden, sobald er zu ihnen kam.

Er hätte schwören können, Ekel in Leons Augen aufflackern gesehen zu haben.

Sei schlau, und dir wird nichts passieren. Ryan lächelte und deutete nach vorn. „Auf geht's, lassen Sie uns gehen. Je schneller ich nach Hause komme, desto schneller können Sie Videos auf Ihren Handys schauen oder was auch immer Sie machen, wenn Sie draußen Wache stehen."

Keiner ging darauf ein oder lächelte auch nur. Okay, also würde er mit Charme beim Aufbau einer Beziehung mit diesen Drachenwandlern wohl nicht weiterkommen.

Als sie den üblichen Weg vom Sicherheitsgebäude in Richtung des Hauses gingen, wurde der Beschützer vor ihm langsamer und zwang ihn, dasselbe zu tun.

Normalerweise waren die Männer immer in Eile. Oder zumindest war Andrew so.

Während sie gingen, blieb Ryan auf der Hut. Etwas würde passieren, da war er sich weiterhin sicher.

Ohne sich zu offensichtlich zu verhalten, sah er sich nach jemandem um, den er rufen konnte. Aber niemand war in der Nähe.

Er versuchte, eine Fluchtroute zu planen, erkannte aber schnell, dass er nie einem Drachenwandler entkommen könnte.

Doch als sie einen riesigen Holzhaufen erreichten, der den Weg durch das Zentrum der Siedlung blockierte, wusste Ryan, dass etwas im Gange war. Der war nicht da gewesen, als er Gaby zum Landeplatz begleitet hatte.

Leon grunzte. „Ich kenne einen anderen Weg zum Haus. Folgen Sie mir."

Ryan deutete auf den Haufen. „Wir können

einfach drüber klettern. Die Steinmauern zu beiden Seiten sind nicht so hoch."

Leon schüttelte den Kopf. „Nein, ich kann nicht riskieren, dass Sie sich den Hals brechen. Ein paar extra Minuten zu gehen, wird Sie schon nicht umbringen."

Sein Bauch schrie, Leon nicht zu folgen. Also ging er weiter auf den Holzhaufen zu. „Dann räumen wir ihn weg. Ich kann gut etwas Bewegung gebrauchen."

„Sie sollen nach Hause gehen, und dorthin gehen Sie. Jetzt los."

Ryan betrachtete die niedrige Steinmauer und überlegte, ob er hochspringen und rennen sollte. Vielleicht war jemand auf der anderen Seite.

Doch Leon packte seinen Oberarm und zog. „Hier entlang. Wenn ich gezwungen bin, auf einen Menschen aufzupassen, dann mache ich das. Aber das bedeutet auch, dass Sie auf mich hören."

Angesichts von Cris' Abwesenheit, der verdächtigen Straßensperre und den neuen Wachen, die ihn anfassten, schrie sein Bauch, dass etwas definitiv nicht stimmte.

Er konnte weder in einem Faustkampf noch in einem Rennen gewinnen. Also war Ryans beste Option, mit den beiden mitzugehen und einen mit seinem Drachen-Taser zu überraschen. Dann würde er den Notrufsender drücken, bevor der andere angriff – er konnte es jetzt nicht tun, weil sie wussten, was in seinen Taschen war. Und wenn er seinen Zug machte, würden sie wahrscheinlich handeln.

Also ließ Ryan sich von dem Beschützer einen anderen Weg entlangführen, einen, der sich durch einige Bäume am Rand des Clanlandes schlängelte.

Bäume, zu denen er ein paarmal mit Gaby geflüchtet war. Aber in dieser Situation würden sie auch ihn und die zwei Drachenwandler vor Blicken anderer abschirmen, was bedeutete, dass sie mit ihm tun konnten, was sie wollten.

Als Leon ihn grob mitzog und die Spitzen seiner Krallen in Ryans Oberarm grub, wurde er ernst. Cris hatte befohlen, dass niemand auf PineRock ihn verletzen durfte, sonst würden sie bestraft.

Er musste bald handeln, solange er noch die Chance hatte.

Tief atmend versuchte Ryan, sich zu konzentrieren, wie Cris es ihm beigebracht hatte. Sein pochendes Herz zu ignorieren war nicht einfach, aber der Gedanke an Gaby, die ihn anlächelte, half.

Denn er würde sie nie wiedersehen, wenn er starb.

Schließlich ließ Leon Ryans schmerzenden Arm los, blieb aber nahe. Der zweite Beschützer, der hinter ihm gegangen war, bewegte sich an seine andere Seite.

Wenn Ryan etwas versuchen wollte, dann jetzt oder nie.

Er steckte beiläufig die Hände in die Taschen. Leon griff nach seinem Handgelenk, aber Ryan schaffte es, mit einer Hand den Notrufknopf zu drücken und mit der anderen den Taser zu zücken. Er duckte sich, rollte zur Seite und sprang dann auf den nächsten Drachenwandler – Leon –, den Taser bereit.

Sobald er mit dem Drachenwandler zu Boden stürzte, drückte er das Gerät gegen den Hals seines Gegners, bis die speziellen Widerhaken in Leons Haut stachen. Da er nicht geschockt werden wollte, was einen Menschen töten konnte, versuchte Ryan wegzurollen.

Doch Leon stieß ihn mit dem Kopf und jagte einen blendenden Schmerz durch Ryans Kopf.

Bilder von Gaby blitzten in seinem Geist auf, genauso wie die einer Zukunft mit ihm und ihrem Kind. Er musste kämpfen.

Sobald er den Taserknopf drückte, würde er nur wenige Sekunden haben, bevor er losging. Also drückte er ihn und nutzte jedes bisschen Kraft, das er besaß, um sich von dem anderen Mann zu entfernen. Er rollte weg, genau in dem Moment, als der Taser losging und Strom durch den Drachenwandler raste.

Leon hörte auf, sich zu bewegen.

Ryan suchte die Umgebung nach dem anderen Beschützer ab, sah ihn aber nicht.

Warte nicht, bis er zurückkommt. Er sprang auf und rannte in die entgegengesetzte Richtung. Er hatte fast die Straße erreicht, als ein grüner Drache am Himmel auftauchte. Das Tier stürzte herab, packte Ryan mit seinen Krallen, schlug mit den Flügeln und stieg in den Himmel.

Während alles am Boden kleiner und kleiner wurde, kroch Angst durch seinen Körper.

Alles, was der Drache tun musste, war, ihn loszulassen, und er würde sterben.

Und tatsächlich, eine Minute später, tat der Drache genau das. Als der Wind um sein Gesicht rauschte und der Boden näherkam, schrie Ryan.

Ein anderer Drache stürzte herab und pflückte ihn aus der Luft. Die Kraft der Krallen um seine Brust sandte unerträgliche Schmerzen durch seinen Körper, und er hörte ein Knacken.

Bevor er mehr tun konnte, als zu bemerken, dass der Drache langsam in den Sinkflug zum Landeplatz ging, verlor Ryan das Bewusstsein.

Kapitel Zehn

Gaby lief in dem kleinen, privaten Wartezimmer auf und ab. Ryan war bereits seit fünf Stunden im OP, und sie hatte noch kein Update bekommen.

Ihr Drache sagte sanft: *Dr. Carter wird rauskommen, wenn er fertig ist. Es ist besser, wenn er sich jetzt ganz auf Ryan konzentriert.*

Obwohl sie wusste, dass das stimmte, knurrte Gaby: *Eine Krankenschwester könnte uns was über seinen Zustand sagen. Irgendwas. Selbst wenn es nur ist, dass es keine Veränderung gibt, wäre das was.*

Weise sagte ihr Drache nichts.

Sie hatten während des gesamten Rückflugs nach PineRock gestritten. Ihr Drache hatte Ryan nicht allein lassen wollen, aber Gaby hatte ihrem Tier versichert, dass er bei all den Schutzmaßnahmen sicher sein würde.

Sie hatte sich so getäuscht.

Selbst Cris war von den Verrätern getäuscht worden. Niemand hätte ahnen können, dass sie Cris ablenken würden, indem sie die Knochen eines Clan-Kindes brachen und es in eine Höhle bringen würden, damit sie es retten musste.

Zumindest waren die Verräter gefasst worden, und das ADDA kam, um sie abzuholen.

Das beruhigte jedoch weder Frau noch Tier. Denn Ryan könnte sterben. Oder gelähmt sein.

Einen menschlichen Körper aus dem freien Fall aufzufangen war an sich schon nicht einfach, und wahrscheinlich hätten nur wenige außer Cris es geschafft, ohne ihn zu töten.

Zum Glück war Cris auf dem Nachhauseweg gewesen, als sie einen ihrer Beschützer gesehen hatte, der Ryan in die Luft trug.

Gaby schauderte bei dem Gedanken, was passiert wäre, wenn Cris nicht rechtzeitig aufgetaucht wäre.

Ihr Drache meldete sich wieder. *Hör auf, über das nachzudenken, was hätte sein können. Ryan lebt noch, und das ist alles, was zählt.*

Vorerst. Ich weiß nicht, wie du so ruhig sein kannst.

Ich habe Vertrauen in unseren Menschen. Außerdem hat die Situation auch was Gutes — Wes hat die letzten Verräter im Clan entdeckt.

Ich wünschte, ich könnte mich darüber freuen. Aber ich will nur, dass Ryan wieder aufwacht.

Es war schon schwer genug gewesen, ihn zu

verlassen, um zur Arbeit zu gehen. Aber kurz darauf zurückgerufen zu werden und zu hören, dass er sterben könnte, hatte Gaby etwas erkennen lassen.

Sie liebte Ryan Ford. Sie liebte seinen Humor, wie er für sie kochte, und dass er sowohl ihre menschliche als auch ihre Drachenhälfte akzeptierte.

Und jetzt würde sie vielleicht nie die Chance bekommen, es ihm zu sagen.

Tränen brannten in ihren Augen, aber im nächsten Moment kam ihre Mutter aus der Kantine zurück. Sie musste Gabys Tränen sogar aus der Entfernung bemerkt haben und eilte zu ihr. „Oh, Gaby, komm her."

Sie brauchte den Trost ihrer Mutter dringend, also umarmte sie sie und ließ den Tränen ihren Lauf. Während ihre Mutter ihr Haar streichelte, murmelte sie: „Dein Mensch ist stark. Ich hab' Vertrauen, dass er durchkommt."

„Aber was, wenn nicht?"

„Gabriela Santos, wie oft habe ich dir gesagt, dass man die Dinge, die man liebt, nicht einfach aufgeben darf?

Sie schniefte. „Wir schätzen sie und kämpfen bis zum letzten Atemzug, um sie zu schützen."

Ihre Mutter lehnte sich zurück, um ihrem Blick zu begegnen. „Genau. Also tu, was ich dir beigebracht habe. Sei stark und kämpfe, wie immer du es kannst – in diesem Fall, indem du an ihn und Dr. Carter glaubst. Und sobald Ryan die Augen öffnet, lass ihn wissen, dass er nirgendwo hingeht, also soll er besser für viele, viele Jahrzehnte nicht daran denken, zu sterben. Und selbst das wird verhandelbar sein."

Gaby wollte fast widersprechen, dass positives Denken manchmal nicht genug war, hielt sich aber zurück. Ihre Mutter versuchte nur zu helfen. Und die Tatsache, dass ihre Mutter Ryan so uneingeschränkt unterstützte, bedeutete ihr viel.

Sie nickte. „Oh, glaub mir, wenn er aufwacht, lasse ich ihn fürs Erste nicht aus den Augen."

Ihre Mutter hob die Brauen. „Für eine kurze Weile, ja. Aber lass die Verräter langfristig nicht gewinnen. Wenn ihr Angst habt, euer Leben weiterzuleben, gewinnen sie, egal ob sie irgendwo eingesperrt sind oder nicht."

Gaby runzelte die Stirn. „Du hast leicht reden – Dad ist ein Drachenwandler. Ryan kann sich jedoch nicht verwandeln, und er ist von Natur aus einfach schwächer als wir. Was, wenn jemand anderes versucht, ihm wehzutun?"

Ihre Mutter hob die Brauen. „Dein Mensch hat sich ziemlich gut geschlagen, angesichts der wenigen Ausbildung, die er hatte. Ich bin sicher, Cris und Wes werden ihn härter trainieren, sobald er sich erholt hat. Selbst wenn Wes denkt, er hat die letzten Menschenhasser aus der Deckung getrieben – dank der Geständnisse dieser Mistkerle –, wird er keine Risiken eingehen."

Sie öffnete den Mund, um zu widersprechen, aber Dr. Carter betrat den Raum, immer noch in seinem OP-Kittel. Ihre Mutter und sie drehten sich zu ihm, und er sprach, bevor sie etwas fragen konnten. „Ryan lebt. Ich habe die inneren Verletzungen repariert, und mit ein paar Spritzen Drachenblut, um den Heilungsprozess zu unterstützen, sollte er sich gut erholen. Allerdings haben die Röntgenbilder ein paar Wirbelfrakturen gezeigt. Erst wenn er aufwacht, erfahren wir, ob Nerven verletzt wurden und er seine Beine spürt."

Oh Ryan. Er lebte, und doch war die Zukunft immer noch ungewiss.

Ihre Mutter nahm ihre Hand, und Gaby drückte zurück, fand Trost. „Wann kann ich ihn sehen?"

Dr. Carter antwortete: „Er wird noch eine Weile schlafen. Aber wenn Sie neben seinem Bett sitzen und seine Hand halten möchten, können Sie das. Sie müssen jedoch versprechen, ihn nicht zu bewegen oder mehr zu tun, als seine Hand zu halten oder vielleicht sein Gesicht zu berühren. Da er ein Mensch ist, dauert die Heilung der Frakturen trotz Drachenblut viel länger, und ich will kein weiteres Risiko eingehen."

Zumindest beschleunigte Drachenblut den Heilungsprozess bei Menschen etwas. Gaby würde ihm so viel geben, wie er brauchte. „Ich verspreche, Ihren Anweisungen zu folgen. Ich will nur meinen Mann sehen."

Dr. Carter deutete mit einer Hand. „Dann kommen Sie mit."

Gaby folgte dem Arzt den Flur entlang und

wusch sich wie angewiesen die Hände, bevor sie endlich das Zimmer betreten durfte. Dr. Carter sagte leise: „Denken Sie daran, es sieht schlimmer aus, als es ist, Gaby. Die Blutergüsse werden dank der Drachenblut-Spritzen in ein oder zwei Tagen verschwunden sein."

Die Worte des Arztes ließen ihr Herz schneller schlagen. Gaby nickte. „Lassen Sie mich ihn einfach sehen."

Gaby ging ins Zimmer und holte scharf Luft.

Ryan war noch blasser als sonst. Sein Gesicht und seine Arme waren mit Blutergüssen übersät, und ein dicker Verband war um einen seiner Oberarme gewickelt. Er trug eine Halskrause, und er war an verschiedene Maschinen ange-schlossen.

Gaby musste kämpfen, um nicht wieder zu weinen. Sie musste für ihren Mann stark sein.

Dr. Carter flüsterte: „Er atmet selbstständig, und das ist gut. Die Maschinen überwachen nur seine Vitalwerte." Er schob sie sanft zum Bett. „Gehen Sie. Ihr Gefährte wird spüren, dass Sie in der Nähe sind, und es wird ihm helfen."

Langsam bewegte sich Gaby auf das Bett zu, schluckte und ergriff sanft Ryans Hand. Sie war kühler, als ihr lieb war, aber das gleichmäßige Auf und Ab seines Brustkorbs linderte die schlimmsten ihrer Ängste.

Ihr Drache meldete sich. *Sprich mit ihm. So kitschig es klingt, unsere Stimme könnte seinen*

Heilungsprozess unterstützen. Lass ihn wissen, dass wir hier sind und nicht von ihm weggehen.

Warum würdest du überhaupt andeuten, dass wir ihn verlassen könnten?

Weil manche Leute sowas so kurz nach dem Kennenlernen nicht aushalten könnten.

Ryan ist unser Gefährte, auch wenn wir noch keine offizielle Zeremonie hatten. Ich werde ihn nicht wegen ein paar Verletzungen verlassen.

Ihr Drache grunzte zustimmend und schwieg.

Sobald der Arzt sie verlassen hatte, berührte Gaby sanft Ryans Wange und sagte: „Ich bin hier, Ryan. Du warst so mutig, ihnen entgegenzutreten. Ich bin stolz, Darling, und ich will nichts mehr, als dass du schnell gesund wirst und bald aufwachst. Ich vermisse deine Stimme schon jetzt, und es ist kaum Zeit vergangen." Eine Träne rollte über ihre Wange, und sie wischte sie weg. „Und nur, damit du es weißt: Wes denkt, er hat alle Menschenhasser identifiziert, und sagt, wir können bald unser eigenes Haus bekommen. Also siehst du? Du musst aufwachen, damit wir in unser Haus ziehen können und nicht in meinem Elternhaus rumschleichen müssen."

Nur das Summen der Maschinen und Ryans Atem antworteten ihr.

Ihre Augen brannten vor weiteren Tränen, aber Gaby atmete tief durch und zwang sie zurück. Sie hatte in den letzten Stunden genug geweint. Sie musste jetzt für Ryan stark sein.

Also setzte sie sich und sprach weiter, erzählte

ihm Geschichten – über sie, ihre Familie und sogar einige der Drachenwandler-Legenden, mit denen sie aufgewachsen war.

Obwohl sie nicht wusste, ob es half, glaubte sie gerne, dass er sie hören konnte.

Und so sprach sie weiter und drängte ihren Mann in ihrem Geist, wieder aufzuwachen.

Ein dumpfes Geräusch drang an Ryans Ohren. Aber seine Augenlider fühlten sich an, als wögen sie hundert Pfund, also lag er einfach da, während das Geräusch klarer und klarer wurde, bis er Gabys Stimme erkannte.

„Und so kamen die Drachenwandler nach Nordamerika. Es klingt für mich ein bisschen weit hergeholt, aber es ist eine coole Geschichte."

Gaby. Erinnerungen an den Angriff und seinen Sturz kehrten abrupt zurück. Er lebte, und seine Frau war direkt neben ihm.

Ryan bemühte sich, seine Augen zu öffnen. Er wollte – nein, musste – seine Drachenfrau wiedersehen und sicherstellen, dass dies kein Traum war. Nach gefühlten Stunden öffnete er endlich seine Augenlider, und Gabys wunderschönes Gesicht wurde schärfer.

Sie keuchte. „Ryan! Du bist wach!"

Er versuchte zu antworten, aber seine Zunge war trocken, und sein Mund fühlte sich wie Sandpapier an. Alles, was er zustande brachte, war ein Krächzen.

Gaby ließ seine Hand los, ging zu einem kleinen Kühlschrank und kam mit einem Becher zurück. Als sie einen Eiswürfel aus dem Becher nahm, legte sie ihn auf seine Lippen. „Der Arzt sagte, ich soll dir ein paar davon geben, wenn du aufwachst. Es sollte das Reden erleichtern."

Er nahm dankbar das Stück, und sobald das Eis geschmolzen war und er es geschluckt hatte, versuchte er wieder zu sprechen. Diesmal schaffte er: „Gaby, ich liebe dich."

Sie runzelte die Stirn. „Das sollte besser kein Abschied sein, Ryan Ford. Ich liebe dich auch, aber du wirst es mir später sagen, auf einem echten Date, wenn du nicht an Maschinen angeschlossen bist und ein Krankenhausnachthemd trägst, aus dem dein Po raushängt."

Wahrscheinlich dank irgendwelcher Drogen lächelte er ohne allzu große Schmerzen. „Du könntest es umdrehen, wenn du willst, und deinen Spaß mit mir haben."

Sie schnaubte. „Du bist so ein Mann. Liegst hier mit gebrochenem Rücken und denkst an Sex! Sorry, aber so sexy du auch mit einer Halskrause bist – haha – du wirst warten müssen."

Ryan versuchte zu lachen, aber es wurde zu einem Stöhnen. „Ich fühle mich, als hätte mich ein Sattelschlepper überfahren. Also bring mich nicht zum Lachen."

Sie berührte seine Wange und beugte sich vor, um sanft seine Lippen zu küssen, bevor sie sich wieder neben sein Bett setzte. „Ich versuche es, aber es ist besser, als wenn ich über das, was passiert ist, schimpfe, oder? Ich will deinen Blutdruck nicht in die Höhe treiben."

Ihre Hand fand seine, und Ryan schaffte es, ihre Finger zu drücken. Es entging ihm nicht, dass es verdammt viel Mühe kostete, aber zumindest war er nicht vollkommen gelähmt. „Erzähl mir, was passiert ist, Darling. Ich erinnere mich an das meiste, zumindest bis ich aus der Luft geschnappt wurde."

Gaby seufzte. „Das hast du Cris zu verdanken."

Als Gaby erklärte, dass die Verräter ein Kind benutzt hatten, um ihre Täuschung glaubwürdig zu machen, und Cris und Wes die restlichen Mistkerle innerhalb von Stunden zusammengetrieben hatten, gab Ryan sich Mühe, ruhig zu bleiben. Er wollte wütend sein – verdammt, er wollte schreien –, aber es ging ihm nicht gut. Es war wichtiger, sich darauf zu konzentrieren, gesund zu werden, damit er eine Zukunft mit Gaby aufbauen konnte.

Als sie schließlich fertig war, fügte Gaby hinzu: „Jetzt musst du nur noch gesund werden."

Er zwang sich zu fragen: „Und wenn es so weit ist, kann ich dann in PineRock bleiben?"

Gaby nickte. „Wes denkt, ja. Er spricht heute mit Ashley Swift, um zu sehen, ob er eine Einigung mit dem ADDA erzielen kann. Es wird knifflig, angesichts

dessen, dass du fast durch die Hand eines Drachenwandlers gestorben wärst. Aber Wes wird alles in seiner
Macht Stehende tun, um es zu ermöglichen, da er sich
schuldig fühlt, dass du überhaupt verletzt wurdest."

Er drückte Gabys Finger wieder. „Wenn er es
schafft, dass sie mich bleiben lassen, reicht das. Ich
denke nicht, dass Wes oder Cris hätten vorhersagen
können, dass jemand einem Kind wehtun würde, um
an mich heranzukommen."

Gaby kniff die Augen zusammen und knurrte.
„Nein, und glücklicherweise wird keiner von ihnen
je wieder Kinder in der Nähe haben, die sie
verletzen können. Das ADDA wird sie für sehr lange
Zeit einsperren, oder möglicherweise auf diese
winzige, isolierte Insel im Pazifik schicken, auf die sie
die schlimmsten Drachenverbrecher der Welt
schicken."

Er wollte mehr über diese Gefängnisinsel für
Drachenwandler wissen, von der er noch nie gehört
hatte, als Dr. Carter ins Zimmer kam und sagte: „Ah,
Sie sind wach, Ryan. Das ist ein gutes Zeichen. Das
zeigt, dass das Drachenblut wirkt."

„Drachenblut?", wiederholte Ryan.

Der Arzt hob die Brauen. „Hat Gaby es Ihnen
noch nicht erzählt? Sie hat Ihnen ihr Blut gespendet,
um die Heilung zu beschleunigen. Ich bin mir nicht
sicher, wie viel es bei Ihrem Rücken helfen wird,
aber es wird sicher den Rest der Genesung
beschleunigen."

Gaby wandte sich dem Arzt zu. „Er kann meine Hand drücken, das ist ein gutes Zeichen, oder?"

„Es bedeutet, dass er nicht ganz gelähmt ist. Aber ich muss erst ein paar Tests machen, bevor wir mehr wissen." Dr. Carter richtete seinen Blick auf Ryan. „Ich weiß, Sie müssen erschöpft sein, haben Sie genug Energie, um ein paar Dinge für mich zu versuchen?"

„Wenn ich danach weiß, ob ich immer noch laufen kann, dann ja."

„Gut." Er ging zum Fußende von Ryans Bett. „Gaby, treten Sie doch bitte für ein paar Minuten zur Seite. Ich brauche Ryans volle Aufmerksamkeit für meine Tests."

Nachdem sie seine Wange geküsst hatte, ließ Gaby seine Hand los. Ryan wollte sie zurückholen, egal, was Dr. Carter gesagt hatte.

Doch er konzentrierte sich auf Dr. Carter und wartete. Herauszufinden, ob er gelähmt war oder nicht, war in diesem Moment wichtiger.

„Okay, schließen Sie die Augen und sagen Sie mir, ob Sie etwas spüren, und wo."

Ryan gehorchte, sein Herz schlug schneller, in der Hoffnung, etwas zu spüren.

Dann stach etwas Spitzes in seine Wade. „Au."

„Wo war das?"

„Meine Wade."

„Gut. Bitte rechnen Sie mit einem weiteren Stich."

Nie in seinem Leben hatte Ryan gewollt, dass jemand ihn stach.

Ein Moment verstrich, dann noch einer. Schließlich spürte er etwas an seinem Fuß. „Etwas an meinem Fuß, obwohl es sich nicht so spitz angefühlt hat."

„Auch sehr gut. Es war nur die Spitze meines Kugelschreibers. Öffnen Sie die Augen." Sobald er gehorchte, fuhr der Arzt fort: „Dass Sie diese Dinge spüren, ist vielversprechend, offensichtlich sind Sie nicht gelähmt. Allerdings ist es zu früh, um zu sagen, wie lange die Genesungszeit dauern wird, die vor Ihnen liegt."

Er versuchte, sich nicht von Hoffnung überwältigen zu lassen, als er fragte: „Wann kann ich anfangen?"

„Wir gehen es einen Tag nach dem anderen an. Und ja, ich weiß, das ist nicht die Antwort, die Sie hören wollen. Aber für den Moment wird es Ihnen am meisten helfen, vollkommen ehrlich zu mir und den Schwestern zu sein. Denken Sie nicht einmal daran, irgendetwas zu verschweigen, denn einer von uns wird es herausfinden. Wenn Cris oder Wes mich nicht überlisten können, haben Sie auch keine Chance, Mensch."

Die Worte waren im Spaß gemeint, nicht als Drohung. Ryan seufzte. „Also gut. Aber ich werde bei jeder Gelegenheit fragen, wann wir den nächsten Schritt machen können. Ich mag es nicht, zu warten und nichts zu tun."

Dr. Carter schnaubte. „Willkommen im Club." Er wandte sich Gaby zu. „Sie können bei ihm bleiben. Eine der Schwestern wird Ihnen beiden bald etwas zu essen bringen. Kann ich darauf vertrauen, dass Sie dafür sorgen, dass er auch wirklich etwas isst?"

„Natürlich, Dr. Carter." Gaby setzte sich wieder an Ryans Seite und nahm seine Hand. Die Wärme ihrer Haut half ihm, sich zu entspannen. „Sagen Sie mir, was ich tun soll, und ich mache es. Ich weiß aus Erfahrung mit meinem Bruder und meinem Dad, wie schlimm Männer als Patienten sein können."

Mit einem leisen Lachen verließ der Arzt das Zimmer.

Gaby sah auf ihn herab, und er konnte sehen, dass ihre Augen feucht waren. „Schhh, Darling. Alles wird gut."

Sie schniefte. „Wir sind beide Kämpfer, also werden wir natürlich unser Bestes geben. Aber es besteht immer noch die Möglichkeit, dass du nicht ganz genesen wirst. Und irgendwie ist das meine Schuld."

„Sag sowas nicht, Gaby. Du kannst mich nicht jede Sekunde des Tages im Auge behalten, genauso wenig wie ich dich. Aber dass du jetzt hier bei mir bist, obwohl die Genesung lang und schwierig werden könnte – das ist alles, was für mich zählt."

Er war kurz davor, ihr zu sagen, dass er sie liebte. Aber er wollte nicht, dass sie es als Folge des Unfalls oder seiner Verletzungen abtat. Er würde warten und es ihr bei dem Date sagen, das sie sich gewünscht hatte.

Was bedeutete, dass er jetzt alles tun musste, um so schnell wie möglich gesund zu werden. Selbst, wenn er für den Rest seines Lebens im Rollstuhl sitzen würde, würde er einen Weg finden, damit klarzukommen.

So wie seine Schwester nie an ihm gezweifelt hatte, würde er nie an Gaby oder ihrem Kind zweifeln. Sie gehörten jetzt zu seiner Familie.

Seine Drachenfrau neigte den Kopf. „Natürlich bin ich hier. Du bist mein Mensch, Ryan. Mein." Gaby küsste ihn sanft, bevor sie sich zurückzog und lächelte.

„Und du bist mein, wunderschöne Drachenfrau. Ganz mein."

„Gut." Sie fuhr ihm über die Wange. „Oh, und bevor ich es vergesse – da ist noch was, worüber ich mit dir sprechen muss. Sobald du dich ein bisschen besser fühlst, muss ich deine Schwester anrufen."

„Nein, bitte mach Tiffany noch keine Sorgen. Lass uns warten, bis ich zumindest sitzen kann und die blauen Flecken weg sind. Sonst sieht sie mich so, denkt, alles sei ihre Schuld – was es nicht ist –, und ich will sie nicht zusätzlich belasten."

Sie sah ihm in die Augen. „Bist du sicher? Ich meine, wenn es Tiffany wär, wärst du nie zur Lotterie gekommen und hättest mich nicht kennengelernt. Sie verdient es zu wissen, dass du fast gestorben wärst, Ryan."

Er seufzte. „Bald, ich verspreche es. Aber gib mir ein paar Tage, um mich zu sortieren, und dann können wir sie zusammen anrufen. Einverstanden?"

Gaby hob die Brauen. „Ein oder zwei Tage, nicht mehr. Das Letzte, was ich gebrauchen kann, ist, dass deine Schwester mich hasst, weil ich ihr was verheimlicht habe."

„Sie könnte dich nie hassen, Darling. Versprochen."

Seine Drachenfrau strich ihm sanft eine Haarsträhne aus dem Gesicht. „Du siehst wirklich nicht so schlimm aus." Er wollte protestieren, aber sie fügte schnell hinzu: „Tatsächlich bist du immer noch der sexyste Mann, den ich kenne."

Und damit beschloss er, zur Hölle mit dem Warten. „Ich liebe dich so sehr, Gabriela Santos. Bitte ändere dich nie."

Sie lächelte. „Habe ich nicht vor. Aber wir gehen trotzdem auf dieses Date. Selbst wenn Cris und Wes zehn Meter entfernt Wache stehen müssen, wir machen das."

Was würde er nicht geben, um ihre Hand zu nehmen und sie an seine Lippen zu führen. „Wir können auf so viele Dates gehen, wie du willst, Darling. Aber ich kann dir jetzt schon sagen, dass ich beim ersten ein sicherer Fang bin. Du brauchst also keine sexy Unterwäsche zu tragen."

Sie schnaubte. „Gut zu wissen. Dann schau bitte, dass du auch keine trägst."

Er stellte sich vor, wie er ihr Kleid hochschob

und sie nahm, während sie beide noch halb bekleidet waren – und sein Schwanz zuckte. Er stöhnte leise. „Jetzt werde ich an nichts anderes mehr denken – als daran, dass du keine Unterwäsche trägst."

Sie beugte sich zu ihm herunter und küsste ihn. „Nutz' es als Motivation, schneller gesund zu werden."

„Vielleicht hilft noch ein bisschen Drachenblut? Deine blitzenden Augen verraten mir, dass du genauso ungeduldig bist wie ich."

Sie lachte. „Wir werden sehen, mein Mensch. Wir werden sehen."

Trotz aller Bemühungen fielen ihm die Augen zu. Er wollte nicht wieder einschlafen, aber sein Körper hatte andere Pläne.

Gaby küsste ihn ein letztes Mal und flüsterte: „Schlaf, Ryan. Ich pass' auf dich auf. Und dann kannst du davon träumen, ob ich beim Aufwachen ein Höschen trage oder nicht."

Er stöhnte, Schmerz schoss durch seinen Körper – aber trotzdem murmelte er: „Verführerin."

„Und du liebst es. Jetzt schlaf."

Er gab den Kampf auf und schloss die Augen. Das Letzte, was er hörte, war ihr leises Summen einer Melodie, die er nicht kannte, dann schlief er ein.

Kapitel Elf

Wes Dalton lehnte sich an seinen Schreibtisch und verschränkte die Arme vor der Brust, denn es graute ihm vor dem, was er als Nächstes tun musste.

Er war im Begriff, Ashley Swift um einen weiteren verdammten Gefallen zu bitten.

Sein Drache grunzte. *Sei nicht so mürrisch. Sie kommt PineRock und unserem Volk mit jedem Besuch näher. Sie wird uns helfen.*

Nur weil sie den Clan mag, heißt das nicht, dass sie je uns gehören wird.

Wes und sein Drache wussten seit mehr als drei Jahren, dass Ashley ihre wahre Gefährtin war. Doch er hatte es ihr aus mehreren Gründen nicht gesagt. Der wichtigste war, dass sie ihre Position beim ADDA und alles, wofür sie je gearbeitet hatte, aufgeben müsste, und dass er und sein Clan wahrscheinlich mit Konsequenzen für das Brechen der Regeln rechnen müssten.

Es war eine ausweglose Situation.

Sein inneres Tier schnaubte. *Ich weiß, dass du nicht versuchen wirst, sie zu beanspruchen, auch wenn ich nicht verstehe, warum du dich zurückhältst. Sicherlich könnten zwei kluge Leute ihre Köpfe zusammenstecken und eine Lösung finden.*

Es gibt keine.

Ich würde sagen, du irrst dich, aber du hörst sowieso nicht auf mich. Doch ich werde nicht aufhören, sie anzusehen oder dir zu sagen, wie sehr ich sie will. Es ist nicht meine Schuld, wenn du zu leicht aufgibst.

Er widerstand dem Knurren angesichts der Beleidigung, da er wusste, dass sein Drache es absichtlich tat.

Noch vor einem Jahr hätte Wes versucht, seinen inneren Drachen zu überzeugen, Ashley zu vergessen. Mit der Zeit konnte ein Drachenwandler manchmal die Anziehung der wahren Gefährtin überwinden und ein normales Leben führen. Vielleicht sogar eine andere Gefährtin finden.

Doch als er sie vor ein paar Monaten wiedergesehen hatte, war das pochende Verlangen, sie zu küssen und zu ficken, wieder aufgetaucht, genau wie bei ihrer ersten Begegnung. Und es hatte all seine Selbstbeherrschung gekostet, sie nicht an sich zu ziehen und zu beanspruchen.

Wes glaubte nicht, dass die Anziehung für ihn je

nachlassen würde. Was bedeutete, dass er nie seinen eigenen Paarungsrausch bekommen würde, geschweige denn eine andere Frau ansehen und eine eigene Familie haben könnte.

Konzentrier dich auf das, was du beeinflussen kannst. Das bedeutete, sich um PineRock zu kümmern – über tausend Drachen waren von ihm und seiner Führung abhängig.

Sein Tier brummte bei dem Gedanken. Es dachte zweifellos, es sei nur eine Ausrede. Wes wollte gerade seinen Drachen warnen, still zu sein, als die fragliche Frau durch die Tür trat.

Ashley trug ihre übliche schwarze Hose und eine Bluse, deren oberste Knöpfe offenstanden, diesmal dunkelblau. Er widerstand der Versuchung, ihre runden Hüften oder weichen Brüste anzusehen, die er in seinen Händen spüren wollte.

Aber am Ende konnte er einem Blick nicht widerstehen. Sie war so verdammt perfekt. Keine andere Frau würde je mit ihr mithalten können.

Und sein Drache schickte prompt ein Bild von ihnen, in dem er einen ihrer harten Nippel in seinen Mund saugte, und Wes sagte: *Tu das nochmal, und ich sperre dich ein.*

Na gut. Aber es ist ganz allein deine Schuld, nicht meine.

Sein Tier beruhigte sich, gerade als ihre Stimme den Raum erfüllte, und er konzentrierte sich ausschließlich auf ihr Gesicht. „Sie haben gerufen?", fragte sie gedehnt.

Die Tatsache, dass sie keine Bemerkung über seine blitzenden Augen machte, verriet, wie gut sie Drachenwandler verstand. Immerhin war eine der ersten Höflichkeitsregeln, nicht nach dem zu fragen, was jemandes innerer Drache sagte, es sei denn, man kannte sein Gegenüber gut genug.

Er deutete auf den Stuhl vor sich. „Ja, habe ich. Bitte setzen Sie sich."

Sie verschränkte die Arme und blieb stehen. „Ich habe nicht viel Zeit, Wes, da das ADDA kommt, um Ihre neuen Gefangenen abzuholen. Was wollen Sie?"

„Ich muss Sie um einen weiteren Gefallen bitten." Sie hob ihre dunklen Brauen, aber er fuhr fort, bevor sie etwas sagen konnte. „Angesichts dessen, was mit Ryan passiert ist, bin ich mir nicht sicher, ob das ADDA ihn bleiben lassen wird. Aber Sie müssen einen Weg finden, damit sie es erlauben und er sich mit Gaby paaren kann."

Sie suchte seinen Blick eine Sekunde, bevor sie antwortete. „Dafür werde ich eine Menge Gefallen einfordern müssen. Was bedeutet, dass ich meine Forderung vom letzten Mal, als Sie mich gebeten haben, meine Magie zu wirken, erhöhen werde."

Er schluckte ein Seufzen herunter. „Ich habe schon gesagt, dass einer der Männer an der Wohltätigkeitsauktion für Waisen teilnehmen und den Abend mit der Höchstbietenden verbringen wird. Was wollen Sie jetzt noch?"

Sie nickte. „Ja, das haben Sie. Aber wenn ich das

tue, will ich, dass Sie der Freiwillige sind, der sich versteigern lässt."

Er blinzelte. „Ich? Das soll wohl ein Witz sein, oder?"

Sie zuckte mit einer Schulter. „Warum sollte ich Witze machen? Stellen Sie sich vor, wie viel mehr Geld reinkommen würde, wenn es nicht nur um einen Abend mit einem Drachenmann ginge, sondern mit einem Clanführer. Und da der Zweck ist, verwaisten Drachenwandler-Kindern zu helfen, sehe ich nicht, warum Sie Nein sagen sollten."

Sein Drache meldete sich. *Sie scheint sehr erpicht darauf, dass du Ja sagst. Vielleicht will sie auf uns bieten.*

Träum weiter, Drache. Wes konzentrierte sich wieder auf Ashley. „Wird das ADDA das überhaupt erlauben?"

„Es verstößt nicht gegen die Regeln. Außerdem ist es nur für einen Abend, in vielen Monaten, und Ihr Clan sollte bis dahin sicher genug sein, dass Sie für ein paar Stunden gehen können. Besonders, wenn ich Ihnen dabei helfe."

Manche könnten sie für arrogant halten, aber Wes hatte gesehen, wie Ashley über die Jahre ein oder zwei Wunder beim ADDA bewirkt hatte. Sie hatte mehr Verbindungen als jeder andere, den er kannte.

Sein Drache fügte hinzu: *Nicht nur wird es der Veranstaltung helfen, Geld zu sammeln, wir könnten auch eine Nacht in Reno verbringen. Ich kann mich nicht erinnern, wann du das letzte Mal PineRock verlassen hast.*

Wes erinnerte sich – es war fast vier Jahre her, bevor er Clanführer geworden war.

Und wenn er ehrlich zu sich selbst war, vermisste er die gelegentlichen Ausflüge in die Stadt. Er hatte fast vergessen, wie es war, irgendwo anders als in der Wildnis von PineRock zu sein.

Außerdem vermisste er es, die Menschen in der Stadt zu beobachten. Sowohl weil sie Drachenwandlern ähnlich und doch anders waren, als auch weil er immer das Gefühl hatte, dass es noch mehr zu lernen gab.

Sein Drache meldete sich. *Dann geh. Es könnte Spaß machen.*

Entschluss gefasst, brummte Wes. „Vorausgesetzt, PineRock ist sicher und wir haben genug Beschützer, mache ich es. Aber wenn irgendwas Großes ist oder ein Notfall passiert, lassen Sie mich ein anderes Clanmitglied an meiner Stelle schicken."

Ashley lächelte und streckte eine Hand aus. „Ich nehme das Angebot an."

Wes wollte ihre Haut nicht berühren, da es seinen Drachen aufwühlen würde, aber er konnte es sich nicht leisten, die Menschenfrau jetzt zu verärgern. Also griff er zu und drückte ihre Hand. In dem Moment, als ihre warme, weiche Haut seine berührte, schoss Elektrizität seinen Arm hinauf und hinunter zwischen seine Beine.

Er konnte auch hören, wie Ashleys Herz stolperte, im selben Moment, in dem sich ihre Pupillen eine Spur weiteten.

Verdammt, sie spürte die Verbindung auch, was es umso schwerer machte, ihr zu widerstehen.

Bevor sein Drache etwas Lächerliches vorschlagen konnte, wie sie zu küssen, ließ er los und zog sich hinter seinen Schreibtisch zurück. „Danke. Wenn es noch etwas gibt, das ich tun kann, lassen Sie es mich wissen."

Sie suchte seinen Blick eine Sekunde, bevor sie antwortete: „Ich werde das im Kopf behalten."

Damit drehte sich Ashley um und verließ sein Büro.

Sobald die Tür ins Schloss fiel, lehnte sich Wes in seinem Stuhl zurück und seufzte. Während er froh war, dass Gaby ihren Menschen paaren könnte, freute er sich nicht auf die Auktion.

Denn ein kleiner Teil von ihm wollte, dass Ashley diejenige war, die auf ihn bot. Und wenn er einen Abend mit ihr hätte, könnte er vielleicht nie wieder gehen. Und nicht nur wegen des Rauschs.

Er würde ihr selbstbewusstes Lächeln und ihre Sprüche jeden Tag für den Rest seines Lebens wollen.

Wes musste einfach hoffen, dass Ashley nicht zu diesem Event auftauchte. Immerhin arbeitete sie fast jeden Tag mit Drachenwandlern. Warum sollte sie Geld ausgeben, nur um einen Abend mit einem zu verbringen?

Sein Drache schnaubte. *Sich um Menschen und*

Drachen zu kümmern ist eine Sache, aber einen Abend auszugehen und Spaß mit einem Drachenwandler zu haben, ist eine ganz andere.

Das spielt keine Rolle. Ich wäre der Letzte, für den sie freiwillig Geld ausgeben würde, nur um Zeit mit mir zu verbringen.

Wenn du meinst.

Nach dem Streit mit seinem Tier, setzte Wes sich auf und konzentrierte sich auf seinen nie kleiner werdenden Berg an Papierkram. Sein Clan war alles, was zählte. Er musste das im Kopf behalten.

Kapitel Zwölf

Gaby war versucht, die Nachricht wieder aus ihrer Tasche zu ziehen und zu bestätigen, dass Ryan sie gebeten hatte, ihn im gläsernen Aussichtsgebäude am See zu treffen. Aber sie hatte sie schon fünfzig Mal gelesen und wusste, dass dies die richtige Zeit und der richtige Ort war.

Und obwohl ihr Mensch sechs Wochen mit einer Rückenschiene und weitere drei anstrengende Wochen Physiotherapie hinter sich gebracht hatte, war sie besorgt, dass er den ganzen Weg hierher laufen musste. Er könnte stolpern und sich wieder verletzen. Oder vielleicht würde ihn jemand versehentlich anstoßen und seine Genesung so in die Länge ziehen.

Ihr innerer Drache knurrte. *Hör einfach auf. Dr. Carter hat es ihm erlaubt. Und dank regelmäßiger Spritzen unseres Bluts ist er viel schneller genesen als ein Mensch normalerweise würde. Er ist so gut wie neu.*

Ich will das glauben, aber ...

Wenn du weiterhin ihn weiter wie eine Glucke umsorgst, wird es ihn verrückt machen. Du kannst deine Schwangerschaftshormone nicht immer als Ausrede benutzen.

Gaby legte instinktiv eine Hand über die winzige Wölbung ihres Bauchs. Sie war jetzt im dritten Monat und bei bester Gesundheit.

Nun, abgesehen von morgendlicher Übelkeit und der Gefühlsachterbahn. Es war schlimm genug, dass ihr menschlicher Boss sie schon jetzt zu Schreibtischarbeit verdonnert hatte, ohne dass ein Drachenwandler überhaupt eingegriffen hatte.

Obwohl sie es hasste, im Büro eingepfercht zu sein, wirkte sich Gabys Reaktionsfähigkeit bei einem Einsatz auf das Leben anderer aus, und sie würde sie nicht gefährden wollen. Außerdem würde sie nach der Geburt des Babys zurück sein.

Bevor sie zählen konnte, wie viele lange Monate das noch waren, sah sie Ryan auf sich zukommen – ohne Gehstock. Sie lächelte, eilte auf ihn zu und war kurz davor, ihm in die Arme zu springen, hielt sich aber zurück

Ryan hob die Brauen, klopfte auf seine Brust, und sie lehnte sich an ihn. Er küsste ihren Kopf und murmelte: „Ich gehe nicht kaputt, Gaby."

„Kopfmäßig weiß ich das. Aber mein Instinkt sagt mir immer noch, vorsichtig mit dir zu sein."

Er bewegte seine Lippen zu ihrem Ohr, sein heißer Atem an ihrer Haut. „Heute Nacht werde ich dir beweisen, dass ich mehr als nur vorsichtig will."

Ihr Atem stockte. Während sie in den letzten drei Monaten kreativ gewesen waren, hatte Ryan erst heute Morgen die Erlaubnis des Arztes bekommen, wieder Sex zu haben.

Und Gaby wollte ihn am liebsten sofort ausziehen und ihren Mann beanspruchen.

Doch Ryan hatte dieses Date schon eine Weile geplant, und sie würde seine harte Arbeit nicht vergeuden. Außerdem hatten sie ein Abendessen in einem Glasgebäude, und sie würde dem Clan keine Gratis-Show bieten.

Ihr Drache schnaubte selbstgefällig. *Das würde mich nicht stören.*

Denk nicht einmal, daran, zu versuchen, mich zu überzeugen.

Dann beeil dich mit dem Abendessen, oder ich könnte versuchen, die Kontrolle zu übernehmen.

Ryan lehnte sich zurück und lächelte auf sie hinab. „Ich würde nach deinen blitzenden Augen fragen, aber ich habe das Gefühl, ich weiß, was dein Drache will. Also lass sie wissen, dass sie es bald genug bekommen wird."

Ihr Tier summte. *Es gibt einen Grund, warum ich ihn mag.*

Gaby hob die Brauen. „Toll. Mit dieser Bemerkung hast du sie quasi dazu aufgefordert, die Kontrolle zu übernehmen."

Er küsste sie sanft. „Noch nicht, aber vielleicht später."

Ja, zischte ihr Drache.

Ryan drehte sich so, dass sie an seiner Seite war. „Komm, sonst wird unser Abendessen kalt."

Sie begannen, die kurze Strecke zum Glasgebäude zu gehen. „Wir hätten auch ein romantisches Abendessen zu Hause haben können. Das weißt du schon, oder?"

„Auf keinen Fall. Nachdem du in den letzten Monaten über dich hinausgewachsen bist für mich, verdienst du etwas Besseres als ein Abendessen zu Hause."

Sie legte ihren Kopf auf seine Schulter. „Ich habe dich, und das reicht."

Er drückte sie fester an seine Seite. „Ich glaube nicht, dass ich dir genug sagen kann, wie sehr ich dich liebe, Gaby. Und da wir endlich auf diesem echten Date sind, glaubst du mir vielleicht? Ich bin schließlich weit davon entfernt, zu sterben."

Sie versetzte ihm einen Knuff auf seine Seite. „Ich habe dir geglaubt, seit du es das erste Mal gesagt hast, aber ich musste dir nur einen Grund zum Kämpfen geben."

Er legte seine freie Hand auf ihren Bauch. „Ich hätte alles für dich und das Baby getan. Denk nie, dass ich mehr brauche als euch zwei."

„Ryan", hauchte sie.

„Es ist wahr. Gaby, du bist meine ganze Welt. Und wenn mein Überleben eines Sturzes aus dem

Himmel und eines gebrochenen Rückens nicht genug ist, um dich zu überzeugen, dann muss ich mir überlegen, wie ich es dir sonst beweisen kann."

Gaby blieb stehen und drehte sich zu ihrem Mann. „Du musst mich nicht überzeugen. Ich liebe dich, Ryan Ford. Versuch' nur, dich in nächster Zeit nicht umbringen zu lassen. Das ist alles, was ich verlange."

Ein Mundwinkel zuckte nach oben. „Ich werde mein Bestes tun."

„Sieh zu, dass du das schaffst." Sie hob ihr Gesicht und küsste ihn, aber nur kurz, bevor sie sich löste. „Ich kann von hier aus die Pasta und das Knoblauchbrot riechen, und Junior gefällt das. Also lass uns beeilen und essen."

Er streichelte ihre Wange. „Das hoffe ich doch, denn Erbrechen ist nicht wirklich die Art von Vorspiel, auf die ich stehe, Darling."

Diesmal schlug sie nach seinem Arm. „Spricht nicht darüber, sonst beschwörst du es noch."

„Okay, okay. Wir werden ein perfektes Abendessen haben."

Er hielt die Tür zum Glasgebäude offen, und sie erinnerte sich an ihren ersten Tag zusammen, als er ihr den Stuhl angeboten hatte und lächelte. „Zumindest weiß ich jetzt, dass es Manieren sind und nicht irgendeine Machtdemonstration."

Ryan schnaubte. „Das war definitiv ein interessantes erstes Treffen." Sobald sie drinnen waren, fügte er hinzu: „Füg da hinzu, dass ich vom Himmel gefallen bin, und wir haben ganz schön eine Geschichte, die wir unserem Kind erzählen können, oder?"

Sie lächelte. „Ja, aber hoffen wir, dass es nicht komplizierter wird."

Ryan musste den gesamten Laden reserviert haben, da er leer war bis auf einen Tisch mit ein paar Kerzen und Tellern. Mit der untergehenden Sonne, die die Gipfel um das Clanland glühen ließ, zusammen mit dem warmen Flackern der Kerzen, war es das Romantischste, was sie je gesehen hatte.

Er zog den Stuhl heraus, und als sie sich setzte, fragte sie: „Hast du das selbst geplant oder Hilfe gehabt?"

Er grinste. „Ich habe es selbst gemacht."

Dann ging er auf ein Knie – eine enorme Leistung, die er noch vor drei Wochen nicht hätte vollbringen können – und Gabys Herz setzte einen Schlag lang aus. Dann holte Ryan eine kleine Holzschatulle hervor, die Art, die traditionell für Drachen-Paarungsringe verwendet wurde, und öffnete sie. Darin waren zwei silberne Ringe, graviert mit Worten in der alten Drachensprache.

Während sie die Tränen zurückblinzelte, keuchte sie: „Ryan."

„Gaby, du bist die mutigste, klügste, schönste Frau, die ich je getroffen habe. Während ich zugebe, dass ich zunächst skeptisch war, ob das zwischen uns funktionieren könnte, hat es einfach Klick gemacht. Und selbst angesichts der Möglichkeit, dass ich gelähmt sein könnte, bist du an meiner Seite geblieben. Ich könnte mir keine loyalere oder liebevollere Frau wünschen als meine Partnerin und Gefährtin wünschen. Also frage ich dich – wirst du meinen Anspruch auf dich akzeptieren?"

„Natürlich werde ich das tun, aber wir haben keine Zeugen. Es wird also nicht offiziell sein."

Er hielt den Ring hoch, der für sie gedacht war. „Ich kann es später nochmal mit Zeugen machen. Aber für den Moment, würdest du meine Frage beantworten?"

Sie streckte ihre Hand aus, die Finger gespreizt. „Natürlich tue ich das."

Er schob das kühle Metall über ihren Finger, bevor er den Ring küsste. Als er mit Liebe in den Augen aufsah, brannten Tränen in ihren Augen.

Noch nicht, Kleines. Lass mich das erst durchstehen.

Tief durchatmend nahm sie den anderen Ring aus der Schatulle und sagte: „Während ich jahrelang auf die Lotterie hingefiebert habe, hätte ich nie gedacht, dass sie mir die Liebe meines Lebens bringen würde. Du bist mutig, liebevoll, süß und manchmal sogar lustig. Dazu kommt, dass du mich auf eine Weise zu verstehen scheinst, wie es niemand sonst tut, und ich habe mit meinem wahren Gefährten den Jackpot gewonnen. Ich liebe dich, Ryan Ford, von ganzem Herzen. Wirst du meinen Anspruch auf dich akzeptieren?"

Lächelnd hob er seine Hand, spreizte die Finger

und wackelte verspielt damit. Sie schnaubte, und ihr gefiel, dass er sie sogar während ihrer privaten Paarungszeremonie zum Lachen bringen konnte, dann schob sie den Ring an seinen Finger.

Sie verschlang ihre Finger mit seinen und beugte sich vor, bis ihre Lippen nur einen Zentimeter von seinen entfernt waren. „Auch wenn es noch nicht ganz rechtlich bindend ist, wirst du immer der Gefährte meines Herzens sein. Also küss mich endlich."

Seine Lippen zuckten, bevor er sich vorbeugte und sie küsste.

Sie öffnete sofort die Lippen, genoss, wie ihr Mann ihre Zunge streichelte, sie wissen ließ, wie sehr er sie wollte. Obwohl sie inzwischen wahrscheinlich tausende Male geküsst hatten, hatte Ryan eine Art, ihr das Gefühl zu geben, als wär jeder Kuss der erste.

Sie seufzte, und er küsste sie leidenschaftlich, während er ihr Gesicht in seine Hände nahm.

Gerade als sie sich zu Boden rutschen lassen wollte, brach er ab. Ihre Atemzüge vermischten sich für einen Moment, bevor Jalousien vor den Fenstern heruntergelassen wurden.

Gaby blinzelte. „Wann sind die installiert worden?"

Ryan hob eine kleine Fernbedienung in seiner freien Hand. „In den letzten zwei Wochen. Ich bin sicher, wir sind nicht die Einzigen, die die Privatsphäre nutzen werden."

Sie biss sich auf die Lippe, um nicht zu lachen. „Jetzt wird jeder wissen, was hier passiert."

Er zuckte mit den Schultern. „Es stört mich nicht, wenn es dich nicht stört."

Sie kniete vor ihm, bevor sie ihre Hände um seinem Nacken legte. „Nein. Also küss mich und beanspruche mich auf jede Weise, Ryan. Ich bin mehr als bereit."

Er knurrte. „Das musst du mir nicht zweimal sagen."

Damit küsste er sie und senkte sie langsam zu Boden. Und während er sie beanspruchte und dann ihren Drachen dasselbe mit ihm tun ließ, vergaß Gaby das Essen oder irgendetwas anderes außer dem Mann, den sie von ganzem Herzen liebte.

Epilog

Sechs Monate später

Ryan starrte auf seinen neugeborenen Sohn und nahm kaum das Gelächter, die Neckereien oder die leise Musik wahr, die in Gabys Krankenhauszimmer spielte.

Er und seine Gefährtin hatten kaum Zeit gehabt, ihren Sohn Mateo Owen zu nennen, bevor ihre Familie sich lautstark ins Zimmer gedrängt und ihr Lager aufgeschlagen hatte.

Nicht, dass es ihn störte, aber als er wieder die weiche Wange seines Sohnes berührte, hörte er kaum, wie Gabys Mutter sagte: „Jetzt bin ich dran, meinen Enkel zu halten."

Ryan schüttelte den Kopf. „Noch nicht."

Er konnte spüren, dass seine Schwiegermutter

ihn missbilligend anstarrte, aber ausnahmsweise war es ihm egal.

Jahrelang hatte er ein Kind gewollt und sich irgendwann damit abgefunden, dass er nie eines haben würde.

Dann war Gaby in sein Leben gekommen und hatte ihm nicht nur ihre Liebe geschenkt, sondern jetzt auch einen perfekten kleinen Jungen mit dunklem Haar. Er hoffte irgendwie, dass er auch Gabys braune Augen bekommen würde, obwohl sie ihrem Bauch befohlen hatte, ein Kind mit haselnussbraunen Augen wie seinen zu produzieren.

Er hob seinen Sohn höher und küsste seine Stirn.

Gaby berührte seinen Arm, und er zwang sich, seinen Blick loszureißen und seine Gefährtin anzusehen. Obwohl sie vor Erschöpfung dunkle Ringe unter den Augen hatte, lächelte sie zu ihm auf. „Ich weiß, du wolltest eine Tochter, aber ich sehe, du bist ziemlich vernarrt in Mateo, obwohl er ein Junge ist."

Er setzte sich auf die Kante von Gabys Bett, legte seinen Sohn in die Beuge seines Arms und legte die freie Hand an die Wange seiner Gefährtin. „Ich werde jedes Kind lieben, das ein Teil von dir ist, Gabriela Santos-Ford."

Sie legte ihre Hand über seine. „Ich weiß. Und vielleicht haben wir nächstes Mal ein Mädchen, um die Quoten in meiner Familie ein bisschen auszugleichen. Es gibt viel zu viele Männer."

Sein Herz erwärmte sich, als er ihren Blick

suchte. „So kurz nach der Geburt dieses kleinen Wunders willst du das alles nochmal machen?"

Sie nickte. „Familie ist für uns beide wichtig. Ich würde gern eine große haben, wenn du dazu bereit bist."

Er küsste sie zärtlich. „Das bin ich." Er senkte Mateo auf seinen Schoß, damit sie ihn zusammen ansehen konnten. „Aber lass uns ihn zuerst ein bisschen verwöhnen."

Sie hatten kaum ein paar Sekunden, um ihren Sohn liebevoll zu betrachten, bevor eine vertraute Frauenstimme durch den Raum schnitt. „Ryan!"

Als er aufblickte, lächelte er seine Schwester Tiffany an. „Du hast es geschafft!"

Sie verdrehte die Augen. „Da müsste schon ein Meteorit einschlagen, um mich von meinem Neffen fernzuhalten."

Sie trat neben ihn, und er hielt ihr seinen Sohn entgegen, während er sagte: „Du solltest dich geehrt fühlen. Bisher haben nur Gaby, ich und das medizinische Personal ihn gehalten."

Gaby seufzte. „Und Mom wird dir das für den Rest unseres Lebens vorhalten."

Er lächelte seine Gefährtin an. „Sie kann die Erste sein, die unser nächstes Baby hält."

Tiffany nahm Mateo und zwitscherte: „Ich bin deine Tante Tiffy, und wir werden viel Spaß zusammen haben. Egal, in welche Schwierigkeiten du gerätst, ruf mich einfach an, und wir kriegen das hin."

Während er zusah, wie seine Schwester in Baby-sprache mit seinem Sohn sprach, legte er einen Arm um Gabys Schultern. Die zwei wichtigsten Frauen in seinem Leben waren hier, genauso wie die Familie, die ihn als einen der ihren aufgenommen hatte.

Zwar hatte er in den letzten Jahren einen Bruder verloren, aber er hatte genug Familie gewonnen, um ein kleines Restaurant zu füllen. Und trotz ihrer Eigenheiten liebte er sie alle.

Doch als er seine Gefährtin ansah, wusste er, dass er sie am meisten liebte. Nun, sie und ihren Sohn. „Du bist mein Herz, Gaby."

Sie lehnte sich an ihn. „Und du bist ein Teil meiner Seele."

Während sie einfach dasaßen und zusahen, wie einer nach dem anderen ihren Sohn hielt, wusste Ryan, dass sein Leben ein gutes war. Und koste es, was es wolle, er würde alles tun, um zu behalten und zu schützen, was ihm gehörte.

Ein Drache zum ersten, zum zweiten...

Die Gefährten der Tahoe-Drachen #3

Im Austausch für Gefallen, die seinem Clan helfen, stimmt PineRocks Clanführer Wes Dalton zu, an einer Wohltätigkeitsauktion teilzunehmen. Schließlich sollte ein Abend mit Essen oder Tanzen mit einer glücklichen Bieterin nicht zu schwer zu ertragen sein. Dann bemerkt er Ashley Swift im Publikum – seine wahre Gefährtin, die er niemals haben kann. Als sie ihn für den Abend ersteigert, beginnt der Kampf zwischen dem, was seine Drachenhälfte will, und dem, was seine menschliche Hälfte zu leugnen versucht.

Ashley Swift hat sich im American Department of Dragon Affairs hochgearbeitet und weiß eine Menge über die Drachenwandler in ihrem Gebiet. Und obwohl es gegen die Regeln verstößt und sie sich dessen bewusst ist, fühlt sie sich zu PineRocks Clanführer hingezogen. Sie haben jahrelang einen Eiertanz aufgeführt, aber Ashley hat endlich einen Weg gefunden, einen Abend mit Wes zu verbringen – eine Wohltätigkeitsauktion. Nichts in den Regeln hindert sie am Bieten, und ihr Gebot gewinnt. Ein Abend – das sagt sie sich zumindest – reicht, um ihn sich aus dem Kopf zu schlagen.

Während die beiden versuchen, die unleugbare Anziehung zwischen ihnen zu ignorieren, steht mehr als Ashleys Job oder Wes' Position auf dem Spiel. Sie stoßen auf etwas, das sich in Reno zusammenbraut, und es ist an ihnen, es aufzuhalten. Erst dann können sie überlegen, wie sie die Regeln umgehen und zusammen sein können.

Über die Autorin

Jessie Donovan hat mehr als eine halbe Million Bücher verkauft, Hunderttausende weitere kostenlos an ihre Leser*Innen verschenkt und es sogar auf die Bestsellerlisten der *NY Times* und *USA Today* geschafft. Sie ist vor allem für ihre Drachenwandler-Serie bekannt, schreibt aber auch über Elfenhexen, Vampire, Alien-Krieger und hat sogar eine verrückt-komische Liebesromanreihe aufgelegt, die in Schottland spielt. Wenn sie nicht gerade ein Buch liest, auf ihrem Laufband joggt oder mit nur wenigen Groschen in der Tasche durch ein fremdes Land reist, findet man sie oft auf Facebook oder TikTok, wo sie mit ihren Lesern interagiert. Sie lebt in der Nähe von Seattle. Dort regnet es zwar oft, doch der Regen macht auch alles grün.

Besuchen Sie ihre Website unter: www.JessieDonovan.com

www.ingramcontent.com/pod-product-compliance
Lightning Source LLC
Chambersburg PA
CBHW031350170626
46807CB00002B/898